Prescripciones
para matar el
tedio

Prescripciones
para matar el
tedio

Osvaldo A. Fernández Domínguez

Edición-Corrección: Rafael J. Rodríguez Pérez.

Número de Control de la Biblioteca del Congreso de EE. UU.:   2020919417
ISBN: Tapa Blanda   978-1-5065-3455-8
               Libro Electrónico   978-1-5065-3456-5

Información de la imprenta disponible en la última página.

Fecha de revisión: 15/10/2020

Para realizar pedidos de este libro, contacte con:
Palibrio
1663 Liberty Drive
Suite 200
Bloomington, IN 47403
Gratis desde EE. UU. al 877.407.5847
Gratis desde México al 01.800.288.2243
Gratis desde España al 900.866.949
Desde otro país al +1.812.671.9757
Fax: 01.812.355.1576
ventas@palibrio.com
817634

Índice

Dedicatoria

A mis padres Vinicio y Dolores de Fernández.
A mi abuela Mercedes Pérez.
A mi esposa Nelly y mi hija Nathalie.
A todos los que con su amor han dado calor a
mi vida, en especial mis hermanos, primos, y en
particular a mi amigo entrañable Elmar Bravo.

Agradecimiento

Un agradecimiento a mi esposa Nelly por su paciencia y sus comentarios alentadores, y a mis hermanos por leer con entusiasmo los cuentos que aquí se presentan.

El abuelo

La niña se encontraba de pie junto al lecho del abuelo. Sostenía bajo el brazo derecho un osito de peluche mientras observaba detenidamente la cara del abuelo, quien descansaba plácidamente. Se acomodó el osito bajo su pequeña axila izquierda, para evitar que resbalara y cayera al suelo. De inmediato levantó su brazo derecho señalando con su diminuto dedo índice hacia el rostro del abuelo, al tiempo que le decía:

—Abuelo, tienes muchas arrugas. ¿Toda la gente se arruga cuando envejece?

—Sí, Martica, todo el mundo se cubre de arrugas —le respondió él.

—Pero las arrugas no duelen cuando salen ¿verdad?

—Me parece curioso que preguntes por las arrugas. Yo mismo no me había detenido a pensar mucho sobre eso hasta que tenía una buena colección de ellas. Cuando pensamos en la niñez, en tu edad, a la mente nos llegan imágenes de manzanas, cerezas y frutas frescas. Al llegar a mi edad la mente asocia imágenes, más bien, de ciruelas y cocodrilos. Afortunadamente, la mayor parte de las veces las arrugas no duelen. Quizás alguna que otra puede doler, pero esas no son arrugas de verdad, son más bien cicatrices que se llevan en el alma, y por eso, no son visibles.

—A mí los cocodrilos me dan miedo. ¿A ti no te dan miedo, abuelo?

—Solo los que andan en dos patas me causan temor.

—¿Los cocodrilos pueden andar en dos patas, abuelo? ¡Te estás burlando de mí...!

Martica frunció el ceño, sobre el que asomaron tres pequeñas sombras que, en un futuro, probablemente, se convertirían en arrugas. A Martica le enojaba pensar que el abuelo no la estuviese tomando en serio.

—¡No te enojes, te lo digo en serio! Aunque te digan lo contrario, cuando crezcas verás que sí, que algunos se paran en dos patas, se visten y van a las fiestas a tomar cocteles, y a los funerales a contar historias vulgares, a calumniar al finado o a fingir que están llorando. ¿Has escuchado alguna vez decir que alguien llora lágrimas de cocodrilo?

—Los cocodrilos no lloran, abuelo. No tienen pestañas. Se necesitan pestañas para colar las gotitas de agua de mar que se asoman a los ojos.

El abuelo sonrió.

—Bien, si no me crees, cuando salgas de esta habitación puedes preguntarle a tu tío Tomás, para que te lo confirme.

—¿No vas a salir hoy de esta habitación? Te has pasado todo el día acostado. ¿Por qué mejor no me acompañas y juegas un rato conmigo en el patio?

—Ya quisiera yo poder levantarme y acompañarte a jugar. Pero la verdad es que a mi edad y en mi estado me resulta imposible hacerlo. Me siento terriblemente cansado. Vamos a hacer lo siguiente: en el bolsillo derecho de mi chaleco se encuentra mi reloj de cadena plateado. Sácalo de mi bolsillo y llévalo contigo. No le digas a nadie que te lo he regalado, pues algún villano podría antojarse y pudiera querer apoderarse de él. Si lo llevas contigo, dondequiera que estés, yo estaré presente.

—Pero no es lo mismo, abuelo.

—Es verdad, pero es mejor que nada. Cuando sostengas el reloj en tu mano, será como si yo estuviera sosteniendo la tuya.

—Bueno, si tú lo dices... —Martica buscó el reloj plateado en el bolsillo del abuelo, observó el grabado en la tapa y lo abrió para observar la aguja, que marcaba los segundos inquietamente. Cerró la tapa y lo guardó cuidadosamente en el pequeño bolsillo de su pantalón azul.

—Es muy bonito, abuelo.

—Me alegro de que te guste.

—Abuelo, creo que me voy afuera a jugar. Si cae la noche mamá no me dejará salir ¿Puedo darte un beso?

—¡Por supuesto!

La niña besó al abuelo en la mejilla con un beso húmedo y sonoro, cómo ella sabía que le gustaban al abuelo. Aseguró al osito nuevamente bajo la axila y revisó una vez más su bolsillo para asegurarse de que el reloj estaba en lugar seguro. Se bajó de la silla a la que se había trepado y la colocó junto a las demás que se encontraban en la habitación. Antes de retirarse se viró una vez más hacia el anciano:

—Abuelo, ¿seguro que no quieres venir conmigo?

—Gracias, Martica, estoy cómodo aquí. Ve a jugar —dijo él desde su lecho.

La niña salió de la habitación y cerró la puerta tras de sí con sumo cuidado, para no despertar al abuelo, que parecía haberse dormido. Afuera, la esperaba su madre.

La madre observó el cuidado con que Martica había cerrado la puerta del cuarto del abuelo y sonrió complacida. Había estado muy ocupada toda la tarde. Traía en sus manos una amplia bandeja con tazas de café, y empezó a brindar a varios familiares que se encontraban agrupados en pequeños por toda la sala. Por el momento, su atención se desvió otra vez de la niña.

Martica divisó a su tío Tomás, que se encontraba sentado en un amplio sillón. Tenía el rostro descansando sobre sus dos manos. Se dirigió hacia él y, sin titubeos, le lanzó la pregunta que le inquietaba desde que había conversado con el abuelo.

—Tío, el abuelo me dijo que te preguntara si es verdad que los cocodrilos pueden llorar. ¿Es eso cierto, tío?

Tomás irguió la cabeza con una expresión de asombro que asustó a Martica. Sus ojos rojizos, que mostraban las huellas del llanto prolongado, se clavaron sobre ella.

—¿Qué has dicho, niña? —respondió el tío.

La madre, que había escuchado la pregunta, no le dio tiempo a Martica para que diera respuesta, y rápidamente intervino.

—¡Martica! ¡Deja a tu tío en paz! —y en tono enérgico, agregó—: ¡Ve a jugar al patio inmediatamente!

La niña giró sobre sus pies y, mientras se dirigía hacia el patio, miró hacia el rostro angustiado de su mamá.

—Mamá, el abuelo fue quien lo dijo...

Con un gesto corto y firme la madre le indicó a Martica que siguiera hacia el patio sin rechistar.

—Perdona a la niña, Tomás, sabes cómo son los niños de impertinentes...

Mientras se dirigía hacia el patio, Martica sentía la extraña sensación de que los ojos de su tío la seguían como si quisieran perforarle la espalda. Una vez allí, sacó el reloj del abuelo del bolsillo. La mamá, que la había estado observando desde una ventana de la casa, cerró las cortinas con semblante preocupado y se dirigió hacia la habitación donde se encontraba el abuelo. Se detuvo un instante ante la puerta, antes de decidirse a abrirla. Lo hizo con cautela, e introdujo la cabeza para cerciorarse de que todo estaba en orden. La habitación estaba exactamente como la última vez que ella la había revisado. Las sillas en su lugar, las velas encendidas, y el féretro con los restos mortales del abuelo al fondo de la habitación. La mujer tomó aire profundamente, y se quedó pensativa unos segundos, pero recordó que tenía que recoger la vajilla en la que había servido a los presentes. Hizo a un lado sus temores, cerró la puerta, y se dirigió con firmeza hacia la sala, organizando su mente para la tarea que se había propuesto.

Mientras tanto, en el patio, Martica abrió nuevamente el reloj. Para su sorpresa, en esta ocasión el reloj produjo una melodía con la tonada preferida del abuelo. Martica sonrió y, complacida, dijo en voz baja: "Abuelo...".

El cuentista

¿Qué de dónde salen los cuentos, pregunta Usted?¡De la mente y la imaginación, por supuesto! No, no quiero burlarme de Usted ni de su inteligencia al ofrecer una respuesta que luce carente de toda elocuencia. Por el contrario, valoro la agudeza de su juicio y su capacidad de reflexión. Sé lo que pregunta, y creo tener una idea sobre la motivación de su cuestionamiento, pero en verdad, no creo que su pregunta tenga otra respuesta más que la que le he proporcionado, aunque luzca simplista. A veces, justamente por la simpleza de su naturaleza, lo evidente es lo que evade con mayor astucia y persistencia nuestra lógica. El hecho de que Usted sea un lector, que obviamente prefiere leer cuentos y se interesa por indagar sobre el origen y el destino de estos, me permite deducir que posee una mente inquisitiva y un intelecto superior, que prefiere un análisis certero, breve, en lugar del planteamiento de ideas redundantes que abultan los argumentos, pero que al mismo tiempo le restan sustancia. Solo personas como Usted son capaces de establecer rápidamente ese diálogo, ese lazo íntimo con el libro que sostiene en sus manos, imprescindible para una lectura profunda, a fin de lograr una mejor comprensión de las ideas y derivar el exquisito placer que puede proveer una buena narración.

¿Cómo se originan los cuentos, insiste Usted en saber? Por lo visto, no le ha conformado mi respuesta. El gusanillo de la curiosidad persiste en su mente, y desea continuar con su cuestionamiento hasta obtener una respuesta que le satisfaga. De cierta manera, me alegra que así sea, pues al insistir, confirma sus virtudes y no defrauda mis expectativas. Quizás podría decirse, con más precisión, que un cuento proviene del elemento inesperado que se encierra en un instante, al descubrir el drama escondido tras la apacibilidad de un momento cotidiano; de un momento así como éste, en el que Usted se encuentra leyendo estas líneas, creyendo encontrarse en un lugar seguro, anónimo, desarmado, solo, complacido en su cotidianeidad rodeada de imprevistos que prefiere ignorar, desconociendo, en su inocencia, que al proseguir con estas líneas puede encontrarse justamente a punto de abrir las puertas hacia lo desconocido, introduciéndose así, lenta e imperceptiblemente, en un mundo oscuro y misterioso, del que ha empezado a formar parte, y que hace unos minutos, sin Usted notarlo, empezó a extender desde estas páginas y líneas un dedo largo e invisible que, inadvertidamente, ha tocado su frente y prosigue hasta la profundidad de su cerebro y sus pensamientos para tomar control y posesión de sus emociones, convirtiéndole en presa fácil de la voracidad, de la angustia y la desesperación. ¡Usted está a punto de ser poseído por...! ¡Espere! ¡No deje el libro! ¡No se asuste!

¡Perdone! Espero no haberle inquietado. ¡Cálmese, no se angustie, no hay tal dedo invisible surgiendo de estas líneas! ¡Tranquilo! Trataba tan solo de ofrecerle una respuesta ilustrativa, conclusiva y palpable a su pregunta inicial. ¡Nada más! ¡Acomódese en su asiento!

Espero haber satisfecho su primera inquietud, y creo poder dar respuesta a su próxima pregunta sobre el destino. Puedo decirle que, en la medida que avanzamos en este argumento, y una vez establecimos un lazo amigable entre los dos, mi destino me acerca cada vez más hacia un final, quizás momentáneo, pero predecible. No se aflija, es el curso natural de las cosas. No me afecta, y el mal no es necesariamente terminal. Una vez haya satisfecho su curiosidad, al terminar este diálogo, eventualmente, Usted me colocará en su librero (ojalá en la buena compañía de otros cuentos valiosos y preferidos por Usted), donde descansaré, abrigando la esperanza de un reencuentro, en espera de que me rescate del recuerdo y del polvillo de los estantes, para devolverme a la vida, al repasar de nuevo estas líneas. Es un destino con el cual he hecho las paces y me conformo.

¿Una última pregunta? ¿Qué cómo un cuentista encuentra su tema, su inspiración? ¿Acaso no es obvio? ¡Su pregunta me sorprende! Después de todo, y en caso de que haya eludido su suspicacia, espero no le ofenda si le señalo algo que a mi parecer se encuentra a la vista. Creo que la respuesta a su pregunta es evidente y cae por su propio peso: Fíjese que, en el transcurso de todo este cuento, solo hemos hablado de Usted.

Las orillas del cielo

Luisa no creía ni en el cielo ni en el infierno, al menos, no de la forma en que lo hacían muchas personas. Pero si confrontaba las probabilidades de existencia entre uno y otro, definitivamente, se inclinaba por contemplar como válida la existencia del último. Ella no imaginaba al infierno como una caverna de fuego con un señor bicorne cuidando la entrada, sino como un lugar muy conocido. Si le preguntaran a Luisa dónde se encontraba el infierno, su respuesta inmediata sería que el infierno tenía dirección y número de teléfono. Daría su propia dirección en la ciudad de Santo Domingo, y su número de celular. Allí estaba el infierno.

No tenía fluido eléctrico desde hacía muchas horas, el maldito teléfono celular estaba muerto, y a su carro lo habían chocado, encima de haberlo tenido que recuperar de manos de un oficial corrupto de la policía que se había adueñado de él. Eso era el infierno. No había llegado a esta conclusión en uno de esos frecuentes momentos de arrebato que padecía, donde la ira se adueñaba de sus sentidos y la razón se arrinconaba en un lugar inexplorable. Había llegado a ella tras muchos años de vivir hastiada. Le dolía cada mañana rutinaria, la lucha perenne contra el acoso de los demonios cotidianos, la desidia generalizada, y lo que ella identificaba como el desinterés en los detalles minúsculos, que tanto pesaban sobre la existencia.

Había demasiadas cosas, en la mezcla que conformaba su vida, que la llevaban a la desesperación. Le dolía el vivir sola, sabiendo que nada ni nadie dedicaba un minuto de espera o de vida para ofrecerle reposo o pensar en ella. Inmersa en estas cavilaciones, de repente, sonó el teléfono celular. El extraño fenómeno de resucitación espontánea del aparato diluyó un poco la amargura que le llenaba hasta los poros. Su semblante cambió, suavizándose aún más, al ver el nombre de quien llamaba: Rafael. No respondió, pero segundos después escuchó atentamente el mensaje que había dejado grabado.

Aunque no odiaba a los hombres, en ocasiones, su actitud hacia ellos había suscitado esa sospecha entre sus amigas. En verdad, no sentía odio, aunque no negaba que había tratado a muchos con desdén y desprecio. Por muchos años había sentido la necesidad imperiosa de imponer su criterio, sin importarle la situación ni quien estuviera frente a ella. Cada encuentro era un reto, una batalla de la que tenía que salir triunfante. Su comportamiento había dado origen a múltiples historias imaginarias sobre un padre áspero, abusivo, y una madre poco cariñosa. Algunas amigas opinaban que esos rasgos de poca piedad estrangulaban sus relaciones. Otras, especulaban que la rabia se originaba en algún otro tipo de trauma oculto en su niñez. No solía hablar sobre su niñez, de la que guardaba los detalles con recelo.

Lo cierto era que durante su juventud había usado sus encantos y su cuerpo como arma mortal para mortificar a los hombres y hacerlos sufrir los tormentos de los amores despreciados. Por alguna razón inexplicable sentía placer al verlos heridos, suplicando sus favores, torciéndose entre lágrimas y poemas profundos de amores calamitosos. Excepto con Rafael. Frente a él no sentía esas urgencias.

Sostuvo unos segundos el teléfono en sus manos y luego le envió un mensaje de texto, diciendo que aceptaba su invitación, y que con gusto le vería en el café en que solían encontrarse en la zona colonial, esa misma tarde.

Se detuvo a pensar por un momento en Rafael. ¡Cuán oportuna su llamada! No era la primera vez en la que parecía encontrar el momento perfecto para llamarla y, de alguna manera, endulzar un día que amenazaba con tornarse en un cúmulo de acritudes. La relación con Rafael, a través de los años, había sido diferente. Sin saber por qué, nunca lo había considerado como un pretendiente. Se había acostumbrado a su presencia constante, pero casi imperceptible, a lo largo de su vida, como nos acostumbramos a la presencia de un objeto: un paraguas que se utiliza cada vez que llueve, un abrigo que usamos para el frío, o una escoba que nos libra de estorbos. Siempre están allí, disponibles, útiles, pero no por esto le dispensamos ningún tipo de afecto en particular.

Así había sido con Rafael. "Quizás", pensó, "debo verlo de otra manera". Pero se echó a reír sola en el instante en que se sorprendió a sí misma tomando en consideración una perspectiva diferente. "He sobrepasado los cuarenta y cinco años. Mis senos no son ni sombra de lo que fueron…" Seguían siendo algo pequeños, pero ahora parecían vencidos y se descolgaban desvergonzadamente sobre el pliegue de su vestido. Antes de proseguir pasando revista al resto de su cuerpo, al estado de sus piernas, o la engrosada talla de su cintura, se detuvo. "Soy una estúpida", se dijo en voz baja, y procedió a cargar las vasijas de agua que había almacenado, para darse un baño.

Cuando Luisa llegó al lugar acordado, él ya la esperaba. Siempre había sido puntual, al menos cuando se trataba de ella. Estaba sentado junto a una mesa cubierta por una inmensa sombrilla. Le gustaba disfrutar del aire libre y la brisa, en lugar del aire acondicionado que refrescaba el interior del local. Como en otras ocasiones, después de saludarse, habían iniciado una conversación amena, comentando sobre los últimos libros que habían leído, la última película que habían visto, y las múltiples cosas menos importantes que coloreaban los días. Así, como en otras ocasiones, lentamente, la amargura de Luisa empezó a disiparse como agua que se escurre entre las grietas hasta no dejar huella.

Por un momento, mientras Luisa tomaba un sorbo de café, y aspiraba el aroma ácido que emanaba de la taza, alzó la vista hasta encontrar las pupilas de Rafael. Vio su propia imagen reflejada, pero también notó cómo su mirada paseaba plácida y discretamente sobre su pecho, disfrutando cada centímetro de distancia entre sus senos. En sus ojos pudo descifrar la mirada de asombro casi infantil, y la reverencia de quien cree presenciar lo divino. Pero también descubrió algo que no había percibido nunca: descubrió que sus ojos encerraban ansias de barco perdido, y que en su mirada viajaba una dulce ternura que abrazaba todo su cuerpo en un segundo de eternidad, acariciándola y llenándola de paz.

Una fina llovizna empezó a caer, repentinamente, golpeando la superficie de la sombrilla que los cubría. Luisa le devolvió la sonrisa y, por un corto espacio de tiempo, que le pareció largo a la vez, sintió la duda quebrando las fuerzas que amurallaban su incredulidad, y se preguntó, casi entre lágrimas, si era posible que, en un momento tan cotidiano, había despertado de un sopor, y abierto los ojos para descubrir lo que antes parecía un espejismo y que ahora veía tan cercano, diáfano y sublime: las orillas del cielo.

Nostalgias

Cuando a Abelardo lo invadía la nostalgia, con la misma rutina y confiabilidad con la que el sol salía cada mañana, sus pensamientos invariablemente le llevaban a pensar en Catalina. Recordaba en detalle su primer encuentro. Ella se desempeñaba como secretaria en el negocio del padre de Abelardo. Fue allí donde la vio por primera vez, sentada detrás de su escritorio. Lucía una blusa oscura, de escote no muy pronunciado, que dejaba entrever una pequeña parte del nacimiento de sus senos, y unos pantalones, del mismo tono, que acentuaban su esbelta figura. Los ojos verdes, y su cabellera negra azabache, contrastaban con la amplia sonrisa que regalaba alegremente a los clientes que la abordaban con múltiples preguntas, las cuales ella respondía con gran precisión.

Se encontraba embelesado admirando a Catalina y sus destrezas como secretaria, cuando Milagros, una empleada que llevaba muchos años en la compañía, y a quien su padre usualmente le encargaba la misión de "ocuparse" de Abelardo, manteniéndolo entretenido cuando éste lo esperaba durante una de sus visitas a la oficina, lo tomó de la mano. Estaba acostumbrado a esa rutina. Lo que le inquietó en esta ocasión fue que Milagros se dirigió, con él de la mano, directamente hasta donde se encontraba la secretaria. Ya frente a ella, la mujer se inclinó sobre el escritorio, al tiempo que le decía: "Catalina, mira, este es Abelardo, el hijo de don Rogelio, el jefe. Trátalo bien, es un chico muy guapo", y en tono de lisonja agregó: "Si no fuera por mi edad, lo más seguro es que ya fuera su novia".

El comentario pareció divertirles, pues ambas rieron casi simultáneamente. A él, en cambio, no le pareció tan divertido en aquel momento. Entre tanto elogio, temía, podría esconderse alguna broma cruel para reírse a costa suya. Parado ante las dos mujeres, como una pieza de exhibición ridícula en su uniforme escolar, de hecho, ya se sentía lo suficientemente incómodo como para querer escaparse de la situación, y su mente empezaba a buscar excusas para ir a la oficina de su padre. Ella pareció advertirlo instantáneamente, pues de inmediato le regaló una de sus sonrisas, que lo llenó de una alegría inexplicable, haciéndole olvidar de un golpe todas sus angustias. Le complació el hecho de que Catalina inició inmediatamente una conversación amena con él, disminuyendo así la tensión y transmitiendo la sensación de que le agradaba conocerlo. A los pocos minutos le parecía que, genuinamente, ella disfrutaba de su compañía.

Desde entonces, a pesar de que su cercanía le producía una mezcla de atracción y de temor incontrolable, no perdía oportunidad ni pretexto alguno para visitarla. Se sentía presa de una fuerza gravitacional inexplicable, a la que no podía resistirse, que lo dirigía indefectiblemente hacia ella. Durante sus primeras visitas, cada vez que Catalina lo miraba directamente a los ojos, él temía que el color de sus mejillas, rosadas de rubor, delatara sus verdaderos sentimientos. En ocasiones, Abelardo mantuvo la sospecha de que ella lo había notado, ya sea por intuición femenina, o porque la inyección de color en su rostro lo delataba.

Guardaba la esperanza de que algún día podría hacer acopio de suficiente valor para declararle su amor, o al menos convidarla a compartir algún momento en que pudiera disfrutar de privacidad y de la atención exclusiva de Catalina. Ese día llegó un 14 de febrero.

Después de debatir consigo mismo por largas horas y días sobre cuál sería la forma más apropiada para manifestarle sus sentimientos, tomó una decisión. Venciendo sus temores, se propuso regalarle una rosa en el día de los enamorados. Ese día compró una rosa, una tarjeta, y escribió una dedicatoria en donde expresaba la profundidad de sus sentimientos, para concluir, dibujó una figurita con dos corazones juntos. Satisfecho con sus logros, se dirigió hacia la oficina. Ignoraba que el destino se había interpuesto en sus planes.

Al llegar se sorprendió al ver que, detrás del escritorio donde esperaba verla, se encontraba sentada otra persona. Fue entonces cuando se enteró, por medio de Milagros, que Catalina había renunciado al trabajo, y que probablemente se encontraba en camino hacia algún lugar del Caribe para disfrutar de su luna de miel. Catalina se había casado. Le dio una excusa tonta a Milagros, quien le preguntó sobre la rosa, diciéndole que la había obtenido en el colegio, donde le dieron una a todos los chicos para regalársela a su mamá.

Abelardo se sintió aturdido, y una sensación de vacío que parecía arrancarle las entrañas empezó a palpitar con vida propia en el mismo centro de su cuerpo, acelerando su corazón, mientras una creciente palidez y frialdad se apoderaba de él. Tuvo que hacer un gran esfuerzo para evitar que las lágrimas brotaran, empujándolo a llorar desenfrenadamente. Se excusó ante Milagros y se dirigió rápidamente al baño, donde tiró en un cesto de papeles la rosa junto a la nota dedicatoria que había escrito, y se encerró por varios minutos a llorar amargamente, sin poder decidir si odiaba a Catalina o la amaba aún más. Rodeado de su soledad en aquel cubículo, Abelardo dio rienda suelta a su pena, mientras pujaba entre lágrimas, retorcido de dolor, para despojarse de las diarreas que le habían atacado ferozmente.

Cuarenta años más tarde, Abelardo retrocedía en sus recuerdos para nuevamente verse de pie, frente al escritorio de Catalina, en espera de su sonrisa. Se veía nuevamente con sus doce años y el corazón palpitando como el de un potro desbocado. Catalina, quien tendría entonces unos veintidós, se encontraba lo suficientemente cerca como para tocar su mano, como en el día en que la saludó por primera vez. Abelardo hubiese querido hacerlo nuevamente, esta vez con una delicada caricia. Nunca se atrevió, ahogado por el temor al rechazo. En la imaginación de un mozalbete de doce años, el escritorio de Catalina se transformaba en una especie de castillo inexpugnable. Abelardo se limitaba a rondar por los alrededores de Catalina, enviándole mensajes enigmáticos con su mirada, que no sabía nunca con certeza si ella los captaba; o intentando maravillarla con sus logros infantiles, capturando cada vez el brillo de sus ojos o el encanto de su sonrisa, que él interpretaba como una devolución descifrada del enigma que él le había enviado.

Cargado con la experiencia de los años, Abelardo a veces reía dentro de sí con una dulce amargura, sorprendido por su propia candidez de entonces, agradeciendo a Catalina el haberle permitido amarla en silencio sin humillarlo, convencido de que no hay amores imposibles, y que el arriesgarse en el amor casi siempre tiene algo que ver con pasar por tonto.

Papeles

Después de tocar la puerta, al no recibir respuesta, la mujer finalmente se decidió a entrar a la habitación. Sentado junto al escritorio encontró al hijo, sosteniendo una página en las manos. Parecía leerla una y otra vez, como si quisiera arrancar sus líneas y encerrarlas en su memoria. Estaba rodeado de papeles esparcidos sobre el suelo, algunos rasgados, mientras otros, convertidos en pequeños planetas irregulares de pensamientos encerrados en la blancura del papel, arrugados, solitarios, fuera de contexto, parecían formar una constelación alrededor del cesto de papeles. Habían perdido su importancia o significado. Alejados de otras páginas que otrora les hicieron compañía, ahora permanecían inmóviles y solitarios, como prueba resoluta de su fracaso por alcanzar su destino final hacia el olvido.

El joven parecía no haberse percatado de la presencia de su madre en la habitación, pues permanecía impávido, con la mirada fija sobre el papel que sostenía en las manos, mientras la mujer seguía de pie junto a la puerta.

Después de observarle unos segundos, sentado en silencio y taciturno, ella se atrevió a dirigirle la palabra.

—¿Qué haces hijo? —preguntó, con un tono suave.

—Rompiendo recuerdos, mamá… rompiendo recuerdos —le contestó, ensimismado.

La mujer lo miró con tristeza y, sin decir palabra, se retiró, dejando escuchar tras de sí solo el sonido del cerrojo.

Insomnio

Gilberto era un hombre apacible y callado. Todos los que le conocieron decían lo mismo de él. Nunca se supo que tuviese enemigos que pudieran haberle deseado mal alguno. Quizás por esa razón todos fueron sorprendidos con su repentina desaparición. Las investigaciones policiales que se iniciaron a raíz de su desaparición nunca llegaron a esclarecer los detalles. Por ejemplo, nunca se recibió una solicitud de rescate de parte de aquellos que, se presumía, pudieron haber estado involucrados en un secuestro. Nunca se encontró el cadáver, ni rastro alguno que pudiera esclarecer su suerte.

La posibilidad de un suicidio fue una de las opciones que sostuvieron los investigadores del caso. A esta hipótesis se oponían las repetidas alegaciones y reportes de su esposa Milagros, y sus hijos Miguel y Alicia, quienes aseguraban que nunca habían observado ningún comportamiento extraño o escuchado expresión alguna de su parte que los hiciera sospechar que fuese capaz de quitarse la vida. Los investigadores se apoyaban en el hecho de que habían encontrado un retazo de papel, en una de las gavetas de la cocina, en la que se encontraban escritas, de su puño y letra, las palabras: "Lo siento". Incluso los propios investigadores admitían que este único hallazgo no era concluyente para definir el caso como un suicidio.

Tras un período de tiempo prudente, las investigaciones concluyeron que el caso encontraría su destino final junto a otros similares, en el lastimoso archivo de: "Casos Inconclusos", con la anotación adicional de: "Posible suicidio", en una de esas gavetas cuya única finalidad parecía ser la de coleccionar polvo.

La noche antes de su desaparición, Gilberto se encontraba acostado en la cama junto a Milagros, tal y como lo había hecho por los últimos 27 años. Envidiaba su virtud de poder conciliar el sueño con extremada rapidez, y anhelaba alcanzar la profundidad de su sueño. Ella empezaba a roncar con una precisión casi cronométrica. Le tomaba un promedio de tres minutos diecisiete segundos después de colocar su cabeza en la almohada, para producir el primer ronquido. Él se había tomado el tiempo para confirmarlo. No disfrutaba de los placeres de un sueño relajante. Llevaba muchos años padeciendo de insomnio. Se había acostumbrado a sentir sus resuellos, los cuales solían interrumpirse para dar paso a una respiración rítmica y pausada.

Inicialmente, usaba las horas de vigilia para adelantar el trabajo pendiente de la oficina. Gracias a su laboriosidad, la oficina de abogados en la que trabajaba había ido aumentando el volumen de trabajo de forma progresiva a lo largo de los años. Se veía compensado de cierta manera con los ingresos que percibía, los cuales fueron aumentando en proporción al volumen de contratos. Podía decir con orgullo que, tras veinte años de arduo trabajo, se había colocado en una posición económica algo más que holgada. Otros dirían que Gilberto era francamente rico.

Las noches de insomnio habían experimentado una transformación gradual con el pasar de los años. Habían pasado de ser un período de productividad laboral, a ser un período de reflexión e introspección. La compañía, que había adquirido una reputación intachable, ahora disponía de todo un equipo de colaboradores, asistentes, nuevos socios y afiliados, que se ocupaban de verificar, corroborar y estudiar los méritos de las causas referentes a los problemas legales que enfrentaba la compañía y sus clientes. A este equipo le correspondía ahora el invertir las horas de la noche y sufrir las noches de desvelo. Había aprendido a delegar, obligado por la complejidad de los asuntos, pero, a pesar de ello, no conciliaba el sueño.

Como si fuera un ritual, Milagros ofrecía una primera pausa tras el primer ronquido de la noche, el cual se prolongaba por alrededor de unos treinta minutos. Su mente parecía recibir este intervalo entre resuellos como una señal, un preludio para iniciar entonces una carrera desbocada que inundaba sus noches con un cúmulo de ideas que se ensartaban hasta aplastar cualquier asomo de sueño que pudiese surgir. Así comenzaba un repaso minucioso de numerosos episodios de su vida.

Su revisión frecuentemente daba inicios con imágenes del propio Gilberto junto a Milagros. Primero se veía a sí mismo, joven y viril. A ella la veía con frecuencia en actitud risueña, con un vestuario algo atrevido, invitándole a la aventura. Luego se sucedían imágenes de trabajo, de Milagros en la casa cuidando de Miguel, su primogénito. Se veía a sí mismo cargando a Miguel en sus brazos, o jugando con una pelota de balompié. Más imágenes del trabajo. Luego se sucedían, casi en orden cronológico, las imágenes de otros momentos felices, como el nacimiento de su hija Alicia, y la celebración de sus cumpleaños. La secuencia cronológica se veía interrumpida momentáneamente cuando Milagros se despertaba para pedirle que apagara la luz. Nuevamente, un ronquido, seguido de la respiración rítmica. Había repetido la misma escena por años. Con el ritmo de la respiración de Milagros se reanudaban los pensamientos en el justo momento en donde los había interrumpido.

Aunque a él le parecía que cada noche le traía una versión diferente de la anterior, la verdad es que cada noche concluía con versiones muy similares. En las horas del amanecer se encontraba usualmente repasando los años más recientes de su vida. Solía pensar en su hijo Miguel. Había empezado como una gran promesa, que creció para pronto convertirse en una gran desilusión. Se había iniciado tempranamente en las drogas, rodeado de amigotes. De nada valieron los consejos ni los dólares que se gastó en clínicas de rehabilitación en los Estados Unidos. No pudo frenar la carrera desenfrenada hacia el deterioro físico y humano que se había empeñado en seguir su hijo. Ahora, después de haber contraído el Sida, era tan solo cuestión de tiempo hasta que llegara el fatídico final. Vivía alejado, le habían dicho que junto a una pareja. Más bien se enteraba de él a través de amistades y otros familiares con quienes casualmente tenía un encuentro.

Alicia, la hija menor, en cambio, había mostrado un mejor sentido común. Se había graduado, obteniendo un título en Derecho Internacional. Luego de unos traspiés iniciales, había logrado posicionarse en una compañía transnacional, devengando un salario sustancioso. Su posición la obligaba a viajar frecuentemente. La mayor parte del tiempo se encontraba en algún lugar del mundo, desde donde esporádicamente enviaba una tarjeta de saludo con una estampilla de Londres o Tokio, y que usualmente se contenía apenas dos líneas. En otras ocasiones, era un mensaje de texto en el celular, también brevísimo, que siempre concluía con la advertencia de que estaba muy ocupada, poniendo una especie de pestillo preventivo a intentos de iniciar futuras comunicaciones. Gilberto le reclamaba que debía llamar a su madre con más frecuencia, sobre todo en ocasiones especiales, como el día de las madres o el de San Valentín, a lo que ella respondía con señales de molestia. Era posible que los reproches y los llantos, motivados por los episodios depresivos de Milagros, habían contribuido a alejarla, pero era aún mayor la probabilidad de que Alicia los usara como excusa para, finalmente, dejar de escribir, incluso, sus pocas líneas, que de todas maneras resultaban un ejercicio fastidioso de fingida atención. Su mundo era agitado y exclusivo. Un mundo que diluía sus días entre viajes, citas de negocios, *deadlines*, y una vida social muy activa.

El último capítulo de su insomnio quedaba reservado casi siempre para Milagros. Gilberto la miraba reposar tranquilamente a su lado. Pensaba que ella no se merecía lo que él estaba a punto de hacer. Como quiera que lo analizaba, siempre concluía que ella era una buena mujer, una buena esposa y madre. No se le podía acusar de lo que en realidad había sido el infortunio de la naturaleza o del destino, que le había prodigado un presente que distaba del futuro que imaginó.

El tiempo había erosionado la pasión entre ambos. No sabía exactamente cuándo ni cómo había empezado a crecer en cada uno el desinterés por lo que motivaba al otro, llegando a situarles como si estuvieran en diferentes orillas del mismo río. Él se sumergía en su trabajo, mientras Milagros, en parte consumida por los problemas derivados de la conducta de los hijos, se debatía entre períodos de depresión, que alternaban con períodos cada vez más cortos de relativa sanidad.

El día en que desapareció, cuando la luz del sol finalmente iluminó la habitación, Gilberto ya había decidido que ejecutaría lo que había venido planeando desde hacía un año. Daría fin de una vez por todas a la retahíla de angustias que había acumulado...

"Lo siento", había empezado a escribir en una nota, pero no pudo continuar, debido a que Milagros irrumpió en la habitación para buscar algunas piezas de vestido e inició una conversación sobre las tareas del día. No encontró más tiempo para terminar de escribir la nota, por lo que decidió colocarla rápidamente en una de las gavetas de la cocina antes de partir a su destino. Ella pensaba que él se dirigía hacia la oficina.

La noticia de su desaparición la recibió la estación de policía unas treinta y seis horas más tarde. Milagros, preocupada por su ausencia, y por el hecho de que no respondía a su teléfono celular, se había decidido a alertar a las autoridades.

Aunque nunca se recuperó un cadáver, entre lágrimas de pesar, la familia decidió celebrar servicios fúnebres con el féretro vacío.

Tres días antes del entierro sin sus restos, y a miles de kilómetros de distancia del lugar de los hechos, un hombre sostenía inquieto dos maletas en sus manos, mientras esperaba impaciente, entre cientos de pasajeros, a que lo llamaran. El oficial del aeropuerto le hizo una señal para que se aproximara y mostrara su pasaporte. El oficial tomó el documento del hombre en sus manos, y lo abrió cuidadosamente. Se mantuvo por unos segundos en silencio mientras observaba al hombre y a la fotografía, alternativamente. Luego de una larga pausa y repetidas maniobras en el teclado de su computador, preguntó: "¿Y a usted qué lo trae a Australia?". El hombre pareció detenerse unos segundos antes de responder, miró a los ojos al oficial, tomó aire profundamente, y respondió: "Es curioso que me lo pregunte, porque he venido haciéndome la misma interrogante durante todo el viaje. Aunque no lo crea, oficial, creo... creo que he venido a despertar de mi insomnio".

Sombras nada más

Hay días en que las cosas parecen estar predestinadas a ser diferentes, días donde el camino cotidiano presenta un desvío inesperado, donde el flujo continuo de la existencia parece detenerse, sorprendido por eventos fuera del control del universo. Este, tenía visos de ser uno de esos.

Parecía casi ridículo, que los eventos de tan grave magnitud que habían empezado a desencadenarse aquel día hubieran tenido su origen en un detalle de tan poca importancia. Aunque, pensándolo bien, quizás este no fuera el caso. Lo que aparenta ser intrascendente esconde con frecuencia secretos de proporciones insospechables.

El problema pudo haber tenido su verdadero origen en la creación misma, cuando el Todopoderoso concibió el universo y decidió poblarlo con cosas simples y complejas a la vez, al darle vida a las criaturas, producto de su imaginación inagotable y su capacidad creadora. Consciente de la perfección inherente a su ser, nunca estuvo en sus planes el crear una copia exacta de sí mismo. El universo que había creado era un bello tapiz universal, dejando intencionalmente algunas hilachas sueltas. Su colorido era matizado, en ocasiones por la presencia de hilos retorcidos y mal teñidos, que formaban parte del tejido.

En todo caso, la cuestión es que, en la esencia de todo lo creado, la belleza inherente, casi perfecta de la creación, coexiste con el defecto también inherente en su existencia, que tiene como único objetivo, precisamente, evitar que lo creado alcance la perfección absoluta.

Cuando el Todopoderoso creó a La Muerte, no fue diferente. Aplicó las mismas reglas divinas. Le otorgó el poder absoluto de llevar las almas de los mortales a los umbrales del cielo y del infierno de una manera casi perfecta. Según sus designios, debía cumplir su labor con eficiencia y, para poder hacerlo, debía poseer ciertas características: no podía ser compasiva, pues, de lo contrario, la compasión podría llevarla a interferir con los planes divinos. Por lo tanto, como parte de su esencia, no le fue otorgada la capacidad de sentir lástima, compasión, ni remordimiento. No sabía, ni cuestionaba, las razones, motivos, ni circunstancias por los cuales se llevaba al más allá el alma de uno o de miles de mortales. Como parte de su creación, no figuraba tampoco la capacidad de cuestionar las decisiones que resultaban de los pactos entre las almas y el Todopoderoso. Se limitaba a cumplir con sus funciones sin remordimientos ni descanso.

El Todopoderoso no quiso crear únicamente una máquina de muerte que se moviera entre la pestilencia de su oficio. Compadecido ante lo arduo y la tenebrosidad de su labor, le otorgó la capacidad de, al menos, encontrar regocijo en la eficiencia de su trabajo. Así, cuando cumplía eficientemente y con certeza los designios consignados, sentía una reconfortante sensación, que no era exactamente felicidad, no llegaba a tanto, sino más bien el beneplácito del propósito y del deber cumplidos. Quizás, este había sido el verdadero comienzo de lo que vendría después.

Para La Muerte, aquel día providencial, o aciago, según la perspectiva, comenzó en el momento en que se percató de que ella no arrojaba sombra. Había llevado o enviado a millones de almas al más allá, pero nunca se había detenido a observar que las cosas que el Todopoderoso había creado, a la luz del sol, proyectaban una sombra. Notó que, en su caso, sin importar la posición que asumiera o el lugar en que se colocara, no proyectaba sombra alguna. Extrañada, se preguntó cómo era posible que nunca antes se hubiera dado cuenta. Ese descubrimiento la hizo perseguir a cuanta cosa se movía sobre la faz de la tierra, para determinar la presencia de la sombra, y llegó siempre a la misma conclusión: la sombra era fiel a su dueño sin importar momento ni circunstancia. Lo seguía durante todo el día, y aún en las noches, en cuanto asomaba un rayo de luz, aunque fuera la tenue llamita de una vela, allí estaba.

El diapasón de sentimientos de La Muerte era limitado. Había sido diseñado, desde la Creación, para dar una sola nota que apenas si llegaba a emoción: la reconfortante sensación del trabajo cumplido. Al no tener ningún otro punto de referencia, concluyó que todos los propietarios de su propia sombra, al observar la tenacidad y confiabilidad de su presencia silenciosa, que nada pretendía ni esperaba de su dueño; probablemente sentían, también, lo mismo, y único, que a La Muerte le era dado sentir: una sensación reconfortante.

El dilema surgió en el mismo momento en que se planteó si el tener una sombra como acompañante para sí misma, haría el ejercicio de su oficio "más reconfortante" de lo que era hasta ese momento. Encontró que le animaba la idea de estar acompañada por algo, que, como ella, no poseía la esencia de los vivos, pero era omnipresente. Empezó a pensar, cada vez con más intensidad y frecuencia, en la posibilidad de tener una sombra de acompañante. Tal idea llegó a convertírsele en una obsesión. Mientras ejercía sus labores, sin poder evitarlo, se sorprendía ponderando la idea de que "si tuviera una sombra, tal vez me sentiría más confortable".

El Todopoderoso, en su inmensa sabiduría, advirtió el peligro. Si La Muerte descubría su propia soledad, se corría el riesgo de que se abriera en ella una ventana hacia el mundo de los vivos. La propia existencia universal se encontraba frente a un dilema, pues si la muerte comenzaba a sentir, descubriéndolo, uno de los secretos de la mortalidad, podría distraerse de sus funciones, o peor aún: cuestionar la razón de su quehacer devastador y su propia existencia. Una vez abierta esa ventana, La Muerte podría sentir la tentación de aventurarse a navegar los ríos de soledad y dolor que atraviesan la existencia de los mortales en los momentos de separación y despedida. Abatida por la tristeza, podría llegar hasta a derramar lágrimas de desilusión, pena y arrepentimiento, como cuando los mortales ven marchar a su ser amado en brazos de la mismísima Muerte. Por ese camino, la compasión y el sufrimiento serían los próximos e inevitables pasos, que, a su vez, forjarían nuevas emociones.

El universo había tropezado sobre lo que parecía, inicialmente, solo un pequeño obstáculo, que ahora, sin embargo, lo colocaba al borde del colapso. El Todopoderoso decidió actuar.

Dicen que los pintores son los únicos capaces de atisbar entre las hendiduras del universo; que sostienen un diálogo con el infinito y con los muertos mientras duermen, y que es así como traen sus inspiraciones directamente del más allá para luego plasmarlas en sus cuadros. Algo de cierto habrá en todo ello, pues de un tiempo a esta parte, y cada vez con más frecuencia, en las representaciones pictóricas de La Muerte, aparece, de una manera muy discreta, pero persistente, una sombra, que obstinada y misteriosamente la persigue, en todos los lienzos.

Silencio

Don Gregorio miró a su hijo una vez más, y sintió lástima. Aspiró profundamente, al tiempo que la congoja amenazaba con devorar los residuos de fortaleza que aun guardaba en el alma. No permitió que aquel sentimiento le embargara por completo, pues deseaba hablar sin que se le notara tribulación alguna en la voz o el semblante. Dirigiéndose al hijo, le dijo en voz pausada:

"No sé por qué siempre ha sido así. Lo cierto es que el silencio fue saturando el espacio y enmudeciendo la distancia en cada uno de nosotros. Siempre este silencio entre tú y yo. Quizás a ti, como a mí, nunca te gustó hablar mucho, mas no creo que esta sea la única razón. Al menos, como ves, por mi parte, aunque me cuesta hablar, siempre hago el esfuerzo. Por eso te cuento mis penas, antes de que el silencio las haga naufragar como buques extraviados en el Mar de los Sargazos. Con el tiempo he aprendido que las penas son como aves salvajes en cautiverio. Hay que abrirles las puertas para que escapen. De lo contrario, se desquician y perecen en el encierro. Créeme, no hay nada peor que las penas moribundas encerradas en el alma".

Dirigió su mirada hacia el cielo para observar una agrupación de nubes grises que se aproximaba, mientras una brisa fría se colaba por la manga del abrigo.

"Está enfriando la tarde", dijo. Hizo una pausa antes de proseguir:

"Te he contado en otras ocasiones algunas de las cosas que recuerdo de tu niñez, pero no creo que te haya contado sobre las bufandas, zapatos y corbatas. De cómo extraviabas mis corbatas y zapatos por toda la casa y tu madre era la única capaz de recuperarlas", don Gregorio soltó una carcajada, mientras recreaba en su mente la imagen de su esposa sosteniendo en la mano tres corbatas, rescatadas del baúl de juguetes, riendo de buena gana.

"Caramba, ¡de qué te estoy hablando!", se detuvo de repente. "Quería hablarte del silencio. Debes perdonar a tu viejo padre, con la edad, la mente se torna algo infantil y juguetona. A veces, tiendo a disgregar y pierdo el hilo de lo que converso. Deja ver... Pienso que el silencio entre nosotros nació cuando cumpliste tus quince años. Puede ser que no estés de acuerdo con la fecha, pero, desde mi ángulo, ahí lo coloco. Llegué al convencimiento de que, de ahí en adelante, fue que el silencio comenzó a crecer hasta separarnos a una distancia en la que ninguno de los dos podía ni ver, ni escuchar al otro. No te enojes, no estoy buscando culparte o reprocharte nada. A veces pienso que tu edad, y los tiempos que vivimos, fueron los verdaderos responsables. Pero debo confesarte que la mayor parte de las veces me culpo a mí mismo por haber sobrestimado mi propia estatura dentro de tu alma, y de subestimar la de tus amigos de entonces. Dirás que ya es muy tarde, y que para qué abrir las viejas heridas, para qué repetir los reproches. No se trata de eso. Me prometí que no volvería a permitir que el silencio se interpusiera entre nosotros. Por eso te hablo. Por eso te pido perdón, porque siento que te he fallado. No te reprocho nada a ti. Si hay algo que reprochar, me lo reprocho a mí mismo. Por momentos pienso que, cuando eras más joven, debí haber sido más firme contigo, aunque a veces me contradigo y creo que debí haber sido más tolerante. Aún no decido cuál de las dos hubiese sido la mejor selección. Con la vejez se me ha hecho más difícil decidir sobre las cosas, no sé si es que las olvido, por momentos".

El sol empezaba a ocultarse. Soplaba una brisa fría, que levantaba insistentemente el abrigo de don Gregorio, quien se abotonó el botón superior para escudarse de la brisa. Se levantó lentamente del banco en que se encontraba sentado y, nuevamente se dirigió a su hijo:

"Me tengo que ir, hijo mío. La tarde está enfriando, y ya no estoy para neumonías. Además, mis huesos se resienten con las bajas temperaturas. Como siempre, te vuelvo a repetir que te quiero. Adiós por hoy, te veo la próxima semana".

Don Gregorio le lanzó a su hijo un beso de despedida antes de empezar a caminar, lentamente. Ambos esperarían pacientemente hasta la próxima visita de don Gregorio. El hijo esperaría en el mismo lugar oscuro en el que le había esperado por largos meses, después de haber recibido el beso mortal en su frente, en forma de plomo, que le había obsequiado la muerte, deteniendo de una vez por todas su vida desenfrenada. Don Gregorio esperaría hasta que abrieran las puertas del cementerio para depositar sus flores, y para, una vez más, dejar volar los pájaros moribundos de su alma

La guerra de Heriberto

Cada mañana, las mismas voces sacudían a Heriberto, forzándolo a retornar bruscamente de su efímero escape al mundo de los sueños. Una vez despierto, trataba de conservar las últimas imágenes placenteras, para recrearlas una y otra vez durante el día, y así poder escapar de su cruda existencia. Se había acostumbrado a no protestar ante el ritual matutino. Además de los gritos estridentes de sus captores, ordenándole despertar, abrían la ventana enrejada y entraba una ráfaga helada de aire que invadía sus pulmones, así como la hiriente luz del sol, que parecía cortar sus párpados, violándolos con su cruel intensidad.

Heriberto no podía ver a sus verdugos. Tras muchos años de cautiverio había perdido la visión. Solo era capaz de percibir la diferencia entre la oscuridad pacificadora de la noche y la claridad hiriente del día.

Con el tiempo había aprendido a agudizar sus sentidos. Había ejercitado la habilidad de reconocer la diferencia entre las voces de las personas que entraban a la sala de interrogatorios. Su olfato era también capaz de captar el olor individual de los cuerpos. Había aprendido a hacer uso de la información que le proveían sus sentidos para anticipar el tipo de tortura a la que lo someterían. Cada uno de sus atormentadores se especializaba en una forma particular de tortura. La voz femenina, de sonido estridente, a la cual

Heriberto le había asignado el nombre de Lola, se especializaba en "tratamientos" del tracto gastrointestinal. Lola forzaba un instrumento metálico en su boca hasta provocarle náuseas, obligándole a tragar una espesa mezcla caliente que quemaba sus entrañas. Soportaba estoicamente el maltrato, mientras se repetía a sí mismo que no revelaría una palabra de los secretos de guerra que habían depositado en él sus superiores. Él, Heriberto Villareal, jamás violaría el código militar. Se había convencido de que era precisamente esa terquedad la que le había permitido sobrevivir el cautiverio, por tantos años, sin perder la razón.

A pesar de su silencio y tenacidad, sus captores parecían incansables en sus esfuerzos por recobrar la información que guardaba celosamente. Dos de sus más temibles atormentadores eran fáciles de reconocer. Uno de ellos por el olor de la colonia barata que usaba, y que Heriberto podía distinguir a diez pasos de distancia. Lo había bautizado con el sobrenombre de "Oloroso", mientras que, a su compañero, quien susurraba canciones mientras aplicaba sus torturas, le había asignado el sobrenombre de "Susurro". A este último lo odiaba con particular con fuerza, debido a lo abusivo de su naturaleza y a la brusquedad del maltrato al que lo sometía.

Heriberto trataba, en ocasiones, de contactar a sus compañeros de cautiverio, de inspirarles ánimo, de mantener en alto su espíritu. Les gritaba que la guerra pronto terminaría, y que todos serían puestos en libertad en poco tiempo, una vez su justa causa impusiera la razón y les diera la victoria. Gritaba a todo pulmón una sarta de improperios contra sus captores, jurando que les mandaría a todos al infierno una vez fuera liberado, y que el paredón era el único camino que les quedaría para expiar y obtener el perdón de sus culpas. En la mayoría de los casos sus esfuerzos resultaban inútiles, sin llegar claramente al oído de sus compañeros, quienes respondían con temor y silencio. Imaginaba que evitaban provocar una serie de nuevas torturas. Sus llamados eran respondidos por las voces de sus captores, ordenándole callar. Gritaba hasta que las fuerzas le abandonaban y quedaba rendido, exhausto y vencido por los tormentos.

Durante los años que había pasado en prisión, muchos de sus compañeros habían muerto, y eran sustituidos por nuevos reclusos. Cuando traían a uno nuevo, él trataba de obtener noticias del frente y de actualizarse. Preguntaba con cautela, pues temía que lo burlaran, infiltrando en la celda a uno de los interrogadores.

—¿Cómo van las cosas en el frente de guerra? —preguntaba en voz baja.

Pero nunca obtenía ninguna respuesta.

—No te preocupes, camarada. Pronto estaremos libres y nos encargaremos de estos bastardos —agregaba para inspirarle coraje.

Entendió que, probablemente, debía guardar silencio. Temió que su compañero de celda pudiese haber sido afectado por la tortura y que su conversación comprometiera su seguridad.

Existía, no obstante, un momento en que Heriberto tenía la oportunidad de vengarse, en especial de Susurro. No siempre se daba, pero él permanecía atento y no perdía oportunidad. En las mañanas, Susurro y su compañero se instalaban en el cuarto de torturas e iban a buscarlo para comenzar su ciclo. Lo tomaban por el torso y los pies y lo torcían y viraban como a un muñeco, hasta que gritaba de dolor. Luego lo desnudaban y ataban, para aplicarle sus instrumentos en las llagas que cubrían su cuerpo. Lo hacían entre chistes y risas.

Él esperaba, pacientemente, su momento, y cuando Susurro, atareado en su tortura, se acercaba lo suficiente, cuando su rostro se encontraba más alineado y cercano a sus glúteos, Heriberto destilaba su venganza: dejaba escapar un prolongado, denso y pestilente vapor, que, en ocasiones, al pasar por los martirizados vericuetos de su trasero, producía un sonido muy parecido al lamento de un animal herido.

Heriberto disfrutaba imaginando cómo su torpedo iba en búsqueda de guarida inmediata hacia las fosas nasales de Susurro. La pestilencia y la malintencionada ocurrencia del pedo provocaban la ira del torturador, a pesar de que este se esforzaba por no darle la satisfacción de confirmar su molestia abiertamente, y con gran esfuerzo mantenía su postura. Desde el potro de martirios, Heriberto notaba su desagrado y celebraba con entusiasmo contenido las maldiciones que Susurro mascullaba sin parar hasta que abandonaba la habitación, agraviado por el insulto de su víctima, cuando debía de ocurrir lo contrario.

La última vez que Heriberto había logrado perpetrar su venganza contra el torturador, este se había confiado, y el vaho lo había golpeado en plena cara, a tal punto que Susurro había sentido su terrible sabor. Visiblemente molesto, haciendo ascos, salió de la habitación, cerrando la puerta de un portazo, pero eso no impidió que el hedor lo persiguiera como un aguijón ponzoñoso. A Oloroso, por el contrario, parecía divertirle la situación y el enojo de Susurro.

—La verdad es que no sé cómo se las arregla el viejo para reservar casi a diario un pedo tan apestoso con carácter exclusivo para ti —le dijo, entre risas.

Susurro le dirigió una mirada fulminante.

—Solo te digo que, si esto sigue así, creo que voy a dejar esta vaina.

Mientras Heriberto oía alejarse los pasos de sus captores, una sonrisa se dibujaba en su rostro. Se encontraba completamente exhausto, pero satisfecho de su venganza, se preparaba para entregarse a un sueño de descanso, a la vez que se aprestaba para una próxima confrontación. Se acomodó en la cama, y a pesar de su fino olfato, no se percató del olor fresco a almidón que provenía de las sábanas blancas y bien cuidadas que habían colocado Susurro y Oloroso. Tampoco se percató de la entrada de Lola. No podía ver su uniforme blanco y las zapatillas del mismo color, ni tomó nota de la fragancia que despedían las flores que había colocado con delicadeza en un jarrón cercano a su mesa de noche en las primeras horas del día, después de abrir las cortinas.

Por la ventana entraba una brisa fresca que aireaba la sala del Sanatorio. Lola lanzó una mirada compasiva hacia Heriberto, a sabiendas de que el veterano de guerra seguiría perdido entre sus recuerdos, sin poder retornar jamás a la realidad. Pronto los dos enfermeros llegarían con las espátulas y la crema para curar las llagas causadas por la postración prolongada. Ella le traería luego un buen plato de sopa caliente para estimular su apetito, como solía hacer con entusiasmo y compasión cada mañana, aunque, en ocasiones, tenía que forzar un poco la cuchara para alimentarlo.

El platanal

Cuando Jacinto estiró el cuello arrugado, curtido de sol, y dirigió su mirada hacia las alturas buscando algún presagio de lluvia, solo vio una pequeña nube gris y solitaria que asomaba a lo lejos, prendida del cielo en medio de un sol abrasador. La nube empezó a alejarse rápidamente, como si se hubiese espantado ante la insistencia de su mirada. "Hoy no va a llover", murmuró, resignado.

En la pequeña galería de su casa de madera y techo de zinc, Jacinto se balanceaba suavemente en su mecedora. Desde allí podía ver su plantación. La casa estaba situada a unos treinta pasos del platanal. La separaba solo un terreno seco que el propio Jacinto había desyerbado muchos años atrás, y en el que había sembrado un árbol de framboyán para darle sombra y frescura a la casa. El piso de madera cedía y crujía con cada movimiento de la mecedora, produciendo un sonido rítmico que invitaba a dormir. Jacinto se llevó su cachimbo a la boca, y aspiró profundamente una bocanada de humo, saboreando el sabor amargo del tabaco. De seguir las cosas como iban, pronto la mayoría de las matas se secaría, predijo en su mente. Veía como las plantas parecían arrodillarse y tender sus hojas hacia el suelo, rendidas, como largas lenguas verdes y pardas buscando lamer el suelo para apaciguar su sed. La poquita agua que podía acarrear no daba abasto para todo el platanal. No había nadie más a quien pedirle el favor para al menos salvar algunas de las plantas, y solo los lagartos, del mismo color de las hojas, asomaban sus cabezas para luego esconderse rápidamente, escapando del castigo del sol.

Fuera de los lagartos, solo una frágil y alegre gallinita criolla compartía la soledad de Jacinto. Había abierto las puertas del gallinero para que correteara por el patio. Lo entretenía escucharla cacarear y se distraía mirándola cazar lombrices. Era la única que conservaba, después de que las muchas otras que tuvo murieran a causa de una epidemia de moquillo. Jacinto se entretenía mirándola escarbar entre las yerbas, ahora secas, que surgían cerca del framboyán. Era lo único que hacía desde que dejó de ir al pueblo y de recoger los plátanos.

Esta vez el calor parecía haber agotado a la gallina, pues se acostó, respirando con dificultad, a la sombra del árbol, quizá frustrada por no encontrar lombrices.

El día se le parecía mucho a aquel otro, igual de caluroso, años atrás, en el que había ido a la plaza del pueblo a escuchar por primera vez un discurso político. El sol castigaba con la misma indolencia despiadada de ahora, con la diferencia de que entonces tenía un amplio sombrero de pana para defenderse del castigo, y su cabeza no estaba despoblada de cabello. Lo recordaba muy bien.

El hombre que hablaba entonces ante el micrófono, en la tribuna, tenía la piel blanca. Vestía una camisa blanca que competía en blancura con el color de su pelo. Aquel hombre, como un ángel, hablaba del campo y sus miserias. De llevarle al poder, decía, los tiempos cambiarían, y los hombres del campo dejarían de sufrir. Eran tiempos confusos, aquellos después del Generalísimo, muy diferentes a los que se vivían ahora...

En los tiempos *antes* del hombre de las blancas canas, en los tiempos del Generalísimo, se sabía que la consigna sobre el escudo nacional tenía las palabras claramente escritas "Dios" y "Patria", y que la tercera palabra, que le seguía a esas dos, la palabra "Libertad", existía sólo con la condición de que existiera "El Jefe", y él, era eterno. Hasta ahí todo estaba claro.

Lo que Jacinto no entendió muy bien en aquel entonces fue lo que le enseñaron luego. Supuso que el propósito de esa lección, solo los jefes lo entendían a cabalidad. Dijeron que era necesario defender esa tercera palabra de unos barbudos invasores; individuos maléficos y desalmados que, según contaron, buscaban borrar las dos primeras palabras del escudo, y que para defenderlas, los campesinos como él, eventualmente, tendrían que desenvainar los machetes para repeler a los barbudos; que solo "El Jefe Benefactor", con su infinita sabiduría, y la ayuda de los buenos campesinos como Jacinto, podría contener a aquellos demonios que trataban de descomponer las cosas bien puestas sobre la tierra, tal y como las había conformado Dios. Al menos, así lo decía el cura de la parroquia durante sus sermones. Hasta ahí, todo más o menos claro.

Pero de un momento a otro, nuevamente, las cosas se habían tornado confusas. Resultó que aquel a quien se le atribuían fuerzas sobrenaturales, cuando el momento lo requirió, le fallaron esos poderes, y no pudo evitar que le arrebataran la vida. No era eterno, como decían. Unos hombres, tanto o más bragados que él, le dieron muerte a balazos. Decían que había muerto sobre el asfalto, en una carretera a la deriva, cubierto en sangre como cualquier otro mortal.

Resultó que, al decir de los políticos de los partidos que se formaron después de la caída de quien ahora llamaban "dictador", la *Libertad* era otra cosa diferente a lo que había dicho el cura; y que, si se les creía a los políticos que vinieron después, la libertad había empezado a existir después de la muerte del sátrapa, y no antes. ¡Quién podría entender aquel desorden!

Para Jacinto, lo más importante eran la lealtad y la palabra empeñada de un hombre como él mismo, recto y serio. Por eso, aunque escuchaba al hombre de los cabellos blancos hablando por el micrófono, en su cartera aún guardaba su carnet, "la palmita", como le llamaban entonces, que era nada menos que la identificación de miembro del partido de quien ahora llamaban "tirano"; y nunca negaba haber sido miembro de Los Cocuyos, aquella organización de campesinos que habían formado para apoyar al Jefe y defenderse de los barbudos, según le habían dicho. Él era un hombre de palabra.

Lo cierto es que Jacinto, después de oír hablar al hombre de los cabellos blancos, prometiéndole que el agua correría en abundancia por sus terrenos, y que finalmente, por primera vez en su vida, tendría un título de propiedad de su terreno, así como dinero para abono y pesticidas, creyó en su palabra de hombre. Únicamente por esa razón, y por ninguna otra, Jacinto hizo la fila bajo el sol caliente, donde muchas de las mujeres que se alineaban en la fila al frente y detrás de él, se desmayaban empapadas de sudor en medio de una crisis de nervios.

Soportó el calor para hacer algo que nunca había hecho antes salvo por El Jefe; para votar, esta vez, por el hombre de los cabellos blancos. Jacinto cumplió con lo que, entendió, era la parte que le correspondía para sellar el trato. Había depositado su voto, y esperaría a que su contraparte cumpliera con la suya.

Si hubiera sabido lo que vendría después —así decía a sus amigos—, jamás habría salido a votar aquel día. Se hubiera quedado en su casa cuidando del platanal con su hijo. En lugar de eso se había ido a votar, y el hombre de los cabellos blancos había salido electo, y él, Jacinto, que se había llenado de alegría con su elección, así mismo se había llenado de rabia cuando, más tarde, los militares lo quitaron del poder por la fuerza, antes de que cumpliera su promesa de darle agua a sus tierras y su título de propiedad, como le había prometido. Por eso su hijo se fue a pelear con los revolucionarios, para tratar de reponer al hombre de los cabellos blancos, y por eso se lo mataron en la guerra del sesenta y cinco, dejando a su esposa y a él mismo con una vida en ascuas, triste y desconsolada.

Por eso, por haber salido aquel día a hacer la fila para votar, por esperar un título de propiedad que nunca llegaría, ahora estaba solo, sin hijo, ni nietos, ni mujer ni nuera que lo cuidara, ni nadie que se encargara de sus tierras y de buscar agua para el riego...

Desde su mecedora veía las matas de plátano azotadas por la sequía, cimbradas y escuálidas, sosteniéndose apenas aferradas a un suelo agrietado, abonado con la amargura de su soledad, lágrimas y sudor. Eso era todo lo que poseía, lo que restaba de la suma de sus esperanzas y la traición de sus sueños. De nada le servían ahora las promesas de los partidos que se partían y se repartían de todo, y que parecían reproducirse como los curíes, con sus banderas verdes, rojas, blancas o moradas, con sus funcionarios que, una y otra vez, cada cuatro años, recorrían el pueblo en carros cada vez más numerosos y lujosos, para prometerle las mismas cosas que nunca se materializaban: agua para sus tierras, dinero para el abono y pesticidas, y un título de propiedad. Por eso dejó de ir al pueblo. Había creído tantas veces en promesas, que ahora las palabras habían empezado a perder el sentido para él, y le sonaban huecas. Cada cuatro años, durante los festejos de victoria de los que se alternaban el poder, Jacinto sentía que el dolor en su pecho se hacía más profundo, y que las manifestaciones de triunfo partidista le sabían, cada vez más, a blasfemia. Se sentía desplazado, traicionado, y se había jurado que no le haría fiesta a la deshonra.

Jacinto exhaló una bocanada de humo y se quedó dormido sobre la mecedora, agotado por el hambre y el calor. Cuando abrió los ojos nuevamente se sorprendió al ver a su hijo y a su esposa parados frente a él. Se levantó rápidamente de la mecedora, asustado, para comprobar si estaba despierto, y fue entonces cuando vio su propio cuerpo reposando sobre la mecedora; la cabeza calva ligeramente inclinada hacia atrás, la boca abierta, los ojos cerrados, y los brazos inertes. El antebrazo izquierdo descansaba sobre su vientre, mientras el brazo derecho, descolgado hacia un lado, parecía señalar hacia el suelo buscando el cachimbo, que se le había deslizado entre los dedos y yacía, extinguido, sobre el suelo. Quedó satisfecho al inspeccionar su propio cuerpo y concluir que ya no padecía, sino que, finalmente, descansaba.

—¿Qué va a pasar con el platanal? —fue lo único que se le ocurrió decir entonces.

Su hijo le sonrió.

— No te preocupes, papá… A fin de cuentas, legalmente, esas tierras nunca fueron tuyas.

Jacinto asintió calladamente. Entendió que había llegado la hora de marcharse y dejarlo todo. El pensamiento le pareció extraño. A lo largo de su vida, se había acostumbrado a pensar "hacia adelante", en lo que pasaría mañana: cuando vendría la lluvia, cuando recogería los plátanos, cuando llegaría el próximo huracán… Atrás habían existido únicamente los recuerdos de su niñez, su hijo y su difunta esposa.

Lanzó una última mirada acariciadora a sus matas de plátano sedientas. Podía sentir su sed. Tomó nota de los objetos a su alrededor: la escoba en la esquina, la mecedora inerte, el polvillo que había dejado acumularse sin barrer, su camisa sin los botones de la parte superior, su machete recostado contra la pared, junto a la puerta. Se preguntó si echaría de menos aquellos objetos que le habían servido y acompañado por tantos años. Lamentó no poder recoger su cachimbo para llevarlo consigo. Extrañaría su sabor y su aroma; probablemente, también echaría de menos el plumaje y el alboroto de la gallinita, y se le ocurrió, casi de una manera absurda, que hasta a los lagartos le parecían entrañables.

Le causó cierta perplejidad el darse cuenta de la pequeñez de las cosas que, tan tempranamente, en el preludio de su despedida, había empezado a añorar. A pesar de todo, se sintió conforme, pues en la medida en que dejaba atrás todo eso, más crecía su certidumbre de que, a donde se dirigía, incluso las cosas grandes o pequeñas acabarían perdiendo su importancia hasta desvanecerse; y que finalmente, allí, alejado de las zozobras de su existencia, sería libre de traiciones y tendría paz para abonar las grietas de su tierra; allí, ante todo, tenía la certeza de que ya no estaría solo. Nunca más estaría solo.

Suerte de empresario

Cuando la locura del progreso llegó a Macao, ya los caballos y mulas que pululaban y llevaban cargas por esos parajes, habían empezado a ser sustituidas por motocicletas, así como en la mayor parte de los campos del país. En sus locas y desenfrenadas carreras, las motocicletas trepaban por las lomas llevando personas y mercancías a los más escondidos rincones, inundándolos con sus ruidos inconfundibles. Tan solo había que aventurarse a la orilla de un camino vecinal para escuchar el pot-pot-pot-, o el rrrruurr-rrruurrrmmm de los motores, que habían sustituido el sonido de las aves y animales propios del lugar.

Desde la muerte de su padre, que le había dejado unas tierras a él y a otros cinco hijos, Isidro y dos de sus hermanos menores, aún permanecían viviendo en la casa de su madre, en las afueras del pueblo. Los dos mayores habían abandonado la casa materna hacía algunos años, estableciéndose en el pueblo. Habían vendido parte de las tierras que su padre les había legado, y tras una trayectoria errática y varios hijos desperdigados, abandonaron finalmente el pueblo, asentándose uno en San Pedro de Macorís y el otro en la ciudad capital. Sus visitas al lugar de origen se espaciaron cada vez más, hasta finalmente cesar por completo. Isidro no había recibido noticias de ellos durante los últimos dos años. Ni siquiera para su cumpleaños, los hermanos se habían comunicado para felicitarle. Con veintiún años cumplidos, no era ciego a los cambios que se suscitaban en el pueblo y a su alrededor.

Con frecuencia, recordaba la última navidad en la que sus hermanos habían regresado para festejar junto a ellos. Evocaba los detalles de las historias que contaban con una meticulosidad asombrosa. El mayor de todos, el de la capital, contaba que en el escaparate de una tienda había un muñeco mecánico vestido de rojo, al que llamaban Santa Clos, que se movía y reía "como una gente". Rememoraba, incrédulo, lo que contaba su otro hermano sobre la existencia de máquinas que parecían recibir mensajes del más allá y de repente cobraban vida y empezaban a escribir solas.

Por entonces, Isidro sonreía, como solía hacer durante su niñez, mientras escuchaba cuentos que despertaban su incredulidad. Había dejado de hacerlo. Ya sabía que las narraciones que de sus hermanos no eran fruto de la imaginación, sino reales. Al propio pueblo de Macao, el futuro estaba aproximándose, inexorablemente.

Desde la casa de madera frente a la playa, Isidro veía, deslumbrado, los autos y camionetas con sus rebordes de cromo brillante trayendo a los bañistas desde San Pedro y la ciudad capital. Veía aparcar los vehículos frente a su casa, y cómo la gente, en ánimo de fiesta, empezaba a desmontar bebidas y comida abundante, dispuesta a pasar unas horas alegres soleándose y dejándose acariciar por la brisa y las olas del mar.

Todos los domingos Isidro se sentaba en la galería de la casita a observar aquella feria de vehículos y gente alegre. Mientras tanto, su madre se ocupaba de "hacer unos pesos" preparando pescado por encargo para algún bañista y vendiendo botellas de refresco a sobreprecio.

Él sentía repulsión por el pescado. Se le retorcían las entrañas con el más leve olor a frituras de pescado. Detestaba tener que levantarse por la madrugada a empujar el pesado bote del tío, con quien su madre había hecho un arreglo para permitirle trabajar con él en el negocio de la pesca. Las necesidades económicas lo habían obligado a aceptar. Su odio hacia el pescado era solo superado, quizás, por el tedio de las horas de espera en altamar bajo el sol fulminante del Caribe, y las manos peladas de remar, que se le llenaban de callos. A Isidro le parecía que su tío disfrutaba con su desdicha, pues no perdía ninguna oportunidad para premiar con insultos e improperios cada desliz en el trabajo. Si de algo se sentía seguro Isidro, era de que no echaría la suerte de su vida en el mar.

Fue una de esas tardes, mientras se encontraba sentado en el portal de la casa, ya con veinticuatro años, en la que decidió lo que iba a hacer con su vida. De ningún modo la destinaría a permanecer en la barriga de un bote deambulando por el mar Caribe; tampoco a la tierra, buscando arrancarle sus frutos con las uñas, en un funesto esfuerzo que le agriaría el resto de su existencia. No, señor. Él portaría gabardina de la fina y reloj con pulsera de oro, manejaría alguna ruidosa motocicleta o un fino vehículo de manufactura japonesa. Nada de eso se podía conseguir navegando en un bote, ni en las lomas, sentenció.

Una vez tomada su decisión, se dirigió sin titubear a la habitación de su madre, a quien le comunicó sus planes. Aceptaría una oferta de compra de su parte de los terrenos heredados. Por meses, un capitaleño había estado tratando de convencerlo de que le vendiera sus tierras. La oferta de compra exigía que fueran vendidos los terrenos adyacentes al suyo, que pertenecían a sus hermanos menores. Ni corto ni perezoso, Isidro se dio a la tarea de convencer a sus hermanos de la futilidad de continuar aferrándose a aquellas tierras poco productivas, pero sus hermanos se resistían. Utilizando todos los argumentos, tanto reales como ficticios, Isidro finalmente los convenció de que la venta era la opción más ventajosa para los tres. De nada valieron las lágrimas y súplicas de su madre para hacerle desistir de sus intenciones. Él, Isidro, no se convertiría ni en pescador, ni sería un esclavo de la tierra. Marcharía al "paso de los tiempos". El futuro ya estaba aquí. Él se convertiría en empresario, y a la madre le compraría una casita en San Pedro.

Lo tenía todo pensado. Con el dinero de la venta de las tierras, adquiriría una pequeña camioneta o un autobús para el transporte de pasajeros. Ya había visto a otros que, como él, habían iniciado en el negocio del transporte de personas con muy buen resultado. Él mismo había sido testigo de cómo esos nuevos empresarios habían ascendido hasta lograr ser dueños de pequeñas fortunas. Se dedicaban ahora a vivir placenteramente, sin la necesidad de doblar el lomo, haciendo trabajar para ellos a aquellos que nunca tuvieron la astucia o que, a diferencia de él, no tuvieron la suerte de heredar unas tierras para poder iniciar el negocio. Él, Isidro, no dejaría dejar pasar la oportunidad de desprenderse del salitre y las vicisitudes de la agricultura, por el resto de su vida.

El día que cerraron la transacción, Isidro se sentía el hombre más dichoso sobre la tierra. Nunca había visto tantos billetes juntos, y menos aún, en sus manos. Enseguida, se dispuso a hacer realidad un sueño que venía acariciando por meses. Esa misma noche se dirigió a la casa de las putas. Entre botellas de licores extranjeros, cuyos nombres no sabía pronunciar, y whiskey del caro, hizo bailar a las putas sobre la mesa y se acomodó entre las piernas a cuanta mujer le causó arrebato, poniendo todo el empeño que sus fuerzas le permitieron. Con envidia, había observado a los adinerados de la comarca derramar sobre sus entrañas todos los placeres que el dinero podía comprar. Al menos durante esa noche, creyó haber comprendido y vivido en carne propia las ventajas de ser un empresario. A la mañana siguiente, iría a seleccionar el autobús, entre las diversas ofertas que contemplaba.

Con orgullo, Isidro inspeccionó el pequeño autobús por el cual se había decidido. Sus amigos se habían reído de él. "Ahora veremos quién será el último en reír", pensaba. ¿Cómo alguien que no sabía leer ni tenía licencia de conducir podría tener una empresa de transporte?, se habían burlado sus amigos. Mientras Isidro recordaba sus risotadas, asentía con la cabeza, aprobando la compra del vehículo y repetía para sí: "Veremos quién ríe mejor". No sabía leer ni escribir. Era cierto; pero podía firmar, que era lo que importaba.

Isidro sabía que no podría conducir el autobús, pero ya tenía una solución en mente. Pagaría a un conductor en lo que él lograba obtener una licencia. La suerte le sonreía. En poco tiempo consiguió uno que estuvo dispuesto a trabajarle las rutas a cambio de una participación en el negocio.

Aunque las cosas parecían marchar relativamente bien, no resultaban fáciles. Isidro tuvo que aprender sobre los azares de un empresario del transporte; entre ellos el nombre de numerosas piezas de mecánica, cuyo uso desconocía, pero que por igual tendría que pagar de sus bolsillos. Tuvo que ensuciarse las manos con grasa y aceite, y aprendió las calamidades de tener que lidiar con choferes que no solo sabían manejar el autobús, sino también cómo esconder los pesos con la misma agilidad con que cambiaban de posición la palanca de los cambios.

Muchos meses después de haber iniciado el negocio, hastiado de pagar choferes que sabían inventar desperfectos mecánicos para ganarse unos pesos con las piezas y las reparaciones, después de soportar demandas de aumentos de sueldos y participación desmesurados, finalmente, se había decidido a obtener su propia licencia de conducir. A pesar de que no sabía leer, y mucho menos manejar, se sentía seguro del poder de convencimiento de unos pesos sobre las manos de un funcionario gubernamental. En el momento decisivo del otorgamiento de su permiso, los encargados de la oficina de licencias se vieron ante el dilema de disfrutar del fin de semana acompañados por unas cervezas, con los pesos que ofrecía Isidro, o negársela. Ganaron las cervezas.

A partir de allí, experimentó un aumento considerable en sus ganancias. Al menos por un tiempo. Le había tomado dos años. Los pesos parecían multiplicarse en sus manos. Fue para esa época que aprendió a jugar a las cartas y a fumar cigarrillos del tipo crema. Se hizo de los dos vicios que le acompañarían por el resto de su vida. Empezó a tener suerte hasta en el juego. El dinero corría por sus manos como nunca antes, y no solo por las suyas, sino por las de las putas y las de sus amigos, que disfrutaban de su bonanza a todo lo ancho y antojo. Isidro estimaba que, en otros cinco años, podría ser el propietario de una pequeña flotilla de autobuses que cubriría toda la zona. Pensó que podría tener dinero suficiente para sostener una esposa, una casa cómoda, y una que otra querida para amores furtivos.

Posiblemente, sus planes se hubieran materializado de no haber sido porque, un domingo, decidió aventurarse hacia una loma empinada con su camioneta llena de pasajeros, tras una noche de ron, bachatas tristes y mujeres fáciles. Había desoído los buenos consejos y las llamadas de alerta tratando de convencerlo de que no debía conducir mientras los tragos aún rondaban en su cabeza. Él contaba con su buena suerte, que no lo había abandonado hasta ese momento.

El autobús lleno de pasajeros, el monedero pesado y la música entonando una canción con alto volumen jurando por los altavoces que no olvidaría "ése…, ese amor traicionero" alegraban su día. Le pareció que había tomado la última curva del trayecto, la más prolongada y peligrosa, como siempre solía hacerlo. Se dio cuenta, muy tarde, de que no había sido igual. Lo inesperado le salió al encuentro. Aún sentía la sensación de frío y pavor que lo congeló mientras, a toda velocidad, el autobús se precipitaba hacia las profundidades del desfiladero por el cual se había desbarrancado tras caer presa del sueño. Había despertado tardíamente, con los gritos de terror y desesperación de los pasajeros, tan solo para ver, en una espantosa secuencia que parecía desarrollarse en cámara lenta, cómo se adentraban él y sus pasajeros a los brazos de la muerte.

La suerte no lo abandonó del todo. Isidro sobrevivió, milagrosamente, a aquel terrible accidente que rozó sus venas con el filo de la muerte, dejándolo en un estado comatoso por varios meses. Sus pasajeros no fueron tan afortunados. Ahora, cinco años después, haciendo un recuento sobre su vida, Isidro comprendía que sus días de empresario habían terminado para siempre. No volvería jamás a Macao. Aún despertaba en las noches, en medio de pesadillas tormentosas, en las que se sentía sacudido por los ruidos del autobús chocando contra las rocas del desfiladero, y de cuerpos inertes estrellándose contra las ventanas. El sonido infernal iba acompañado, a veces, por gritos de pasajeros que rogaban por sus vidas, pero en otras, y era lo que más le asustaba, solo se quejaban de forma fantasmagórica y clamaban por la vida de Isidro, culpándolo de su desdicha.

No se lamentaba. Se había acostumbrado a su suerte, que lo había llevado a terminar sus días prendido de las ventanas de un autobús, como un mono de feria alquilado, aferrándose con el único brazo que le quedaba, mientras gritaba los nombres de las rutas y cobraba centavos a los pasajeros que, casi siempre, lo taladraban con sus miradas lastimosas.

Mar-it-za y el desertor

I

El curtido y maltratado cuerpo de Andrés yacía, inerte, entre unos matorrales. Con el paso de las horas se empezaban a notar las huellas del tiempo. La llovizna había cosquilleado su piel, formando ríos diminutos que corretearon por encima y por debajo de su cuerpo, sin despertarlo. La humedad del rocío mañanero y las lluvias nocturnas habían convertido a su cuerpo en una presa perfecta para los hongos, que amenazaban con poblar las hendiduras de su cuerpo. Algunos insectos recorrían su superficie, explorándola, tratando de decidir si presentaba la oportunidad de convertirse en vivienda permanente o meramente en algo comestible. Permanecía agarrotado. La brisa arrastró numerosas hojas y pequeños restos de frutos silvestres que ahora cubrían el cuerpo de Andrés, que empezaba a lucir como un tronco caído, listo para la descomposición y para retornar su esencia a la naturaleza, ya fuera en forma de barro, pasto, o como parte de alguna que otra fruta silvestre.

Junto a él yacían, acompañando el silencio de su cuerpo, su fusil de asalto, la mochila, su guerrera cargada de municiones y algunas provisiones desperdigadas por el suelo. Habían pasado muchos días y noches desde el día en que se decidió a desertar. Se había cansado de disparar a mansalva, de ver cuerpos destrozados, de obedecer órdenes absurdas o imbéciles. Se había cansado de enterrar camaradas y de escuchar gemidos de dolor. Terminó preguntándose por qué y para qué peleaba en aquel conflicto bélico que parecía no llegar jamás a su fin.

La guerra le empezó a parecer menos suya con cada día que pasaba, y a la vez se convertía más y más en la guerra de otros. Fue por esa razón que, cuando se le presentó la oportunidad de hacerse el muerto, quedándose inmóvil entre una montaña de cadáveres durante el último asalto, así lo hizo. Tan pronto su unidad prosiguió hacia el frente de guerra, dejándolo atrás por muerto, Andrés tomó su fusil, las provisiones que había ahorrado, y se marchó, protegido por la oscuridad de la noche, alejándose del combate y dirigiéndose hacia la espesa selva de matojos y manglares, en donde, supuso, sería difícil de encontrarle, y donde con mayor probabilidad abandonarían rápidamente su persecución.

Caminó sin parar, avanzando más durante las noches y escondiéndose de sus excamaradas durante el día. Decidió que, si perdía su vida, sería en el intento de vivir como un hombre libre, y no pendejamente, batiéndose a balazos con gente que no le habían hecho nada a él, y contra la cual no guardaba animosidad alguna. Cifró todas sus esperanzas en que no lo encontrarían jamás en aquella eternidad pantanosa en la que se adentraba.

Todo aquello había quedado atrás. Intentó moverse, pero se rindió ante la inercia y el entumecimiento que lo paralizaba. Intuyó que se encontraba acostado sobre su espalda. A pesar de la parálisis que le impedía moverse, sintió como un latido en la parte superior de su espalda. A éste le siguió de inmediato un fuerte dolor, como un latigazo, que recorrió su espinazo a todo lo largo. "O estoy paralizado, o estoy muerto", pensó.

Le costaba un gran esfuerzo abrir los ojos. Sus párpados pesaban más que su propio cuerpo. Con un gran esfuerzo logró abrir lentamente una ligera rendija, primero en un ojo, y luego en el otro. Quedó maravillado al ver cientos de estrellas que parpadeaban ante el fondo espeso y negro de un cielo que le pareció mágico. Permaneció inmóvil observando los astros. Luego, decidió intentar sacar la lengua. Paseó la lengua seca por sus labios e inmediatamente percibió el desagradable sabor a tierra. "Estoy muerto", sentenció

Fueron sus últimas palabras antes de hundirse en la oscuridad.

II

Andrés no sabía que solo había recuperado el conocimiento por unos segundos, antes de caer inconsciente de nuevo. Le había ocurrido en innumerables ocasiones durante las últimas horas. Cuando pudo abrir sus ojos nuevamente, su asombro fue aún mayor que la última vez, cuando había vuelto en sí bajo un cielo colmado de estrellas. Ahora se encontraba acostado sobre la arena. Podía escuchar el ruido de las olas de mar, que se abatían cerca del lugar donde se encontraba. En esta ocasión, bajo la luz de la luna, pudo distinguir una silueta de mujer, que se le acercó lentamente. Cuando sus ojos se acostumbraron a la fría luz de la luna llena, pudo definir los rasgos con mayor precisión. Sus facciones eran bien marcadas. La adornaba una cabellera de pelo negro, de fibra gruesa, que se agrupaba en pequeños grupos de mechones entre los que relucían algunas hebras huérfanas de blancas canas. Su boca era pequeña. Hacia ambos lados, originándose en la parte lateral de ambas fosas nasales, descendían dos fisuras pronunciadas que daban fin hacia las comisuras de sus labios. Una gota de agua o sudor se había posicionado al centro de su labio superior, amenazando con precipitarse al vacío a cada momento. Sus ojos oscuros se anidaban en un rostro más bien alongado, adornados por cejas oscuras que hacían contraste con la profundidad oceánica de su mirada. La fina nariz perfilaba su rostro. Su piel se veía curtida por el sol, pero le parecía que transpiraba humedad. Probablemente, debido a su estado delirante, o a los rasgos de la mujer, había llegado a la absurda conclusión de que la mujer debía ser del Mediterráneo. Desorientado, ignoraba que el sonido de las olas que escuchaba provenía del mar Caribe.

—Toma —le dijo la mujer, en un murmullo, mientras le acercaba un pozuelo con un líquido—. Toma —repitió, insistiéndole en que debía empinar el recipiente—. Te hará bien.

Obedeció. El sabor era amargo, y sintió un rechazo espontáneo, pero, finalmente, aceptó el brebaje. Perdió el conocimiento casi de inmediato. Cuando recuperó el sentido se sintió más fortalecido. No tenía noción del tiempo. Vio la silueta de la mujer del pozuelo bajo la luz de la luna. Se encontraba sentada en la playa a cierta distancia de él. Sintió el calor de una pequeña fogata cercana, sobre la que se calentaba un caldero pequeño.

El cuerpo le dolía aún por todos lados, pero, en especial, su pierna derecha. Observó que tenía una venda colocada sobre el muslo y también en su espalda, las cuales sostenían una especie de emplasto de hojas o algas. Asumió que tenía alguna propiedad curativa, y que lo había colocado su benefactora. Ya no se encontraba acostado sobre la arena, sino que estaba sobre un lecho improvisado de hojas de árboles aromáticos. Se levantó con dificultad y se dirigió hacia ella. Al acercársele pensó que, quizás, no estaba interpretando correctamente lo que sus ojos veían. Pero al encontrarse a solo unos pasos, no quedó duda alguna: la mujer estaba desnuda. El agua del mar se acercaba con el oleaje, acariciando sus pequeños pies, mientras ella, silenciosa, parecía susurrar calladamente una canción, con la mirada fija hacia el distante horizonte marino.

Una vez a su lado, decidió agradecerle por sus cuidados, obviando hacer algún comentario sobre su desnudez. La veía sentada, con sus piernas encogidas, sostenidas por sus brazos, cubriendo los pezones de sus pechos. Andrés pudo apreciar su hermosura bajo la luz de la luna. Ella no le dirigió la palabra o una mirada para hacerle saber que se había percatado de su presencia.

—Gracias... —no llegó a decir más, pues ella lo interrumpió con un gesto de la mano, indicándole que callara.

No digas nada —ordenó—. Siéntate junto a mí y disfruta de las estrellas.

Algo contrariado por su desnudez y extraña reacción, Andrés obedeció. Tomó asiento a su lado, admirando de reojo su belleza. Pero, al poco tiempo, el dolor le obligó a acostarse sobre la arena. Por primera vez, en muchos años, sintió que podía mirar hacia al cielo sin temor. Pensó en quedarse tendido allí, mirando las estrellas, hasta que le sorprendiera el sueño. Sin embargo, no lo hizo. Lo último que en verdad captaron sus ojos, antes de desmayarse nuevamente, fue el recorrido visual que hizo a lo largo de la espalda de la mujer, cubierta en parte por la cabellera que se descolgaba, rebelde. Le pareció que desprendía de su cuerpo un aroma perturbador, una mezcla de mar y fragancias de flores.

Espontáneamente, con un gesto femenino, la mujer recogió su melena, moviéndola hacia adelante y colocándola a un lado de su rostro. Pudo ver entonces su torso completo y desnudo. Los pequeños diamantes de sal y arena, alojados entre sus poros, reflejaban el esplendor de la luna llena y parecían burlar la astronomía para dibujar sobre su espalda diminutas centellas resplandecientes, como una extensión del lienzo celestial.

Sintió una sensación de curiosidad y, extrañamente, de felicidad, cuando ella, al mover ligeramente la espalda, provocó que una gota se desprendiera de un gajo del pelo húmedo, para precipitarse a lo largo del surco que recorría el centro de su espalda. Persiguió el paso zigzagueante de aquella gota que, pensó, tomaba sorbos del aroma de la mujer. Una idea aventurera se asomó entre sus pensamientos, al imaginar cómo detenía su trayecto con la caricia de un beso breve, suave, tierno, agradecido. Tocaría su piel sutilmente, como una mariposa apresurada buscando deleitarse con el ansiado néctar, para saciar su sed con su sabor en la lengua.

Cerró los ojos y su imaginación continuó explorando el trayecto, en un recorrido ascendente y demorado hasta llegar al cuello y la pequeña oreja, que se escondía, tímida, entre su pelo, o hasta sorprender sus pequeños labios. Pero abrió los ojos para volver a la realidad y fijar su mirada sobre la gota. Siguió ensimismado, observándola, hasta verla desaparecer entre las sombras y las dunas de su cuerpo.

Observó su cintura, no tan estrecha, y el inicio de la pequeña hendidura que separaba sus glúteos, que le parecieron más perfectos que la misma luna que se descolgaba en el cielo. Estaba vivo, se confirmó a sí mismo, y aunque fuese por algunas horas, era libre, y por unos minutos, feliz. Así, se desvaneció otra vez, con una sonrisa en los labios.

III

Despertó a la mañana siguiente, cuando los rayos de sol empezaron a calentar. Se encontraba acostado, protegido del sol y la lluvia, debajo de un improvisado techo construido con pencas de coco entrelazadas y sostenidas por unos rudimentarios trozos de madera. A su lado se encontraban los restos humeantes de una pequeña fogata, alrededor de la cual había, dispersos, varios pozuelos vacíos y conchas de mar. Se sentía mucho mejor. El dolor había disminuido a niveles soportables. Su fusil, la guerrera y la mochila, también estaban allí. Recordó a la mujer y la buscó con la mirada. Al no verla, se levantó para continuar su búsqueda por los alrededores. Llamó a voces y trató de rastrear su pista, pero todo fue en vano. No pudo dar con ella. Esperó, paciente, por su regreso, pero después de varias horas se convenció de que lo había abandonado y no regresaría.

Durante su rastreo por el lugar había dado con un pequeño sendero que se encontraba cerca de la playa. No podía permanecer allí indefinidamente, así que decidió explorar la senda, llevando consigo la guerrera, el arma y la mochila. Primero cubrió los vendajes, para que no se notaran. Avanzó, trabajosa y cautelosamente, con la esperanza de encontrar algún poblado y situar mejor su posición geográfica.

Había caminado unos cuarenta minutos cuando notó que el camino se hacía más ancho y claro. Pudo divisar algunas viviendas hacia lo que parecía ser el final de la vía. Debatió consigo mismo cual sería la mejor manera de proceder antes de ingresar al pueblo, para no despertar las sospechas de que era un desertor.

Decidió esconder el fusil, las municiones y la mochila a un lado del camino. Se aventuraría a entrar al pueblo, con la esperanza de poder determinar con exactitud dónde se encontraba.

El pueblo estaba sobre una elevación, que luego declinaba rápidamente hasta terminar en la costa. Mientras se aproximaba y acortaba la distancia, más crecía su asombro. Lo que al principio le parecía inverosímil estaba allí, frente a sus ojos, desafiando la realidad: en el mismo medio del poblado, obstruyendo el paso en la empolvada vía principal, como un gigantesco pez muerto fuera de su pecera, se encontraba un inmenso y destartalado barco, reposando sobre su costado de acero. Con asombro, veía cómo los habitantes del pueblo circulaban indiferentes por los lados del barco y se comportaban como si no existiese. No encontraba explicación lógica alguna que justificara la presencia allí de aquel coloso. "Debe haber estado aquí por muchos años", pensó, después de observar en detalle la extensión de su deterioro. Andrés no sabía dónde estaba, pero por el aspecto desolado de aquel sitio, dudó de que alguien en el mundo, fuera de los habitantes del lugar, supiera de su existencia.

Al aproximarse al centro del caserío, sintió la urgencia de tocar el barco para asegurarse de que no estaba alucinando. Era muy real. Al tocarlo, la superficie fría del metal casi le lastimó la mano. "¿Cómo puede estar tan frío con el calor que hace?", se preguntó. Un anciano, sentado al frente de una de las tantas casas destartaladas que conformaban el pueblo, y que lo estado observando, sonrió maliciosamente. Andrés notó su reacción y pensó en indagar sobre el misterioso barco, pero tan pronto giró para dirigirse hacia el anciano, este inmediatamente se levantó del asiento y se introdujo en la casa, cerrando la puerta tras de sí.

Continuó entonces adentrándose en el pueblo. Sentía que la gente lo miraba con una mezcla de curiosidad y miedo. Estaba hambriento y sediento, por lo que decidió buscar un lugar dónde pudiera comer y calmar la sed. Se dirigió hacia una señora que se encontraba barriendo el portal de su casa.

—Buenos días, señora, ¿podría decirme dónde puedo comer algo caliente en este lugar?

La mujer apenas levantó la mirada y, sin decir palabra, levantó el brazo en dirección a una edificación de madera. Pudo ver que al frente, en la parte superior de la estructura que le había señalado, se reconocían los restos de un letrero. Con mucha dificultad pudo descifrar que, bajo el polvo y el castigo del deterioro, se distinguía lo que probablemente era: "Abastos Felipe".

Al entrar al lugar notó que era una especie de combinación de lo que, probablemente, había sido un almacén, una taberna o una fonda, dependiendo de las exigencias del tiempo o de las necesidades de sus dueños anteriores. Tenía dos mesas colocadas en su interior, con sillas a su alrededor, pero Andrés dudaba que los harapientos habitantes que había visto se sentaran jamás a degustar nada de lo que podría ofrecer aquel negocio, colmado, al parecer, solo de carencias. Andrés introdujo sus manos en los bolsillos. Aliviado, confirmó que aún poseía algunos billetes y monedas.

—¡Buenos días!

El hombre detrás del mostrador se volteó para darle el frente. Sin responder, le dirigió una mirada llena de curiosidad, mientras estudiaba cuidadosamente las señas de quien identificó inmediatamente como un forastero.

—Me dijeron que podría comer algo caliente aquí —agregó.

—Huevos es lo único que puedo ofrecerle —respondió el hombre.

—Huevos está bien.

—¿Fritos o revueltos?

—Revueltos, y con algo de cebolla, si no le es molestia —dijo, al ver unas cebollas en uno de los tramos—. Además, quisiera algo de tomar.

—Limonada —dijo el hombre, y Andrés asintió—. Son diez pesos.

Andrés volvió a asentir con un gesto de la cabeza, y el hombre le dio la espalda y comenzó a preparar el pedido.

IV

Mientras comía, Andrés consiguió ganarse la confianza del tabernero y establecer una conversación. El hombre, un anciano de edad incalculable, y con cierto sobrepeso, se excusó por su poca amabilidad inicial. Le explicó que en el pueblo no estaban acostumbrados a ver forasteros como él, y por eso la gente era muy renuente a sincerarse. Le contó que el negocio había sido fundado por su bisabuelo, un asturiano de mucho trabajo y pocas palabras, llamado Felipe, y que él lo había heredado de su padre. Admitió que había aceptado sus monedas en pago por la comida, pero que en realidad había muy poco uso para el dinero por aquel lugar y le había servido, más bien, como un acto de bondad, y por la curiosidad que le despertaba. Andrés le siguió la conversación y cuando le pareció oportuno, preguntó sobre el barco.

—¡Ah, sí... el barco... cómo no sorprenderse con algo así! Usted verá. Aquí han pasado cosas muy extrañas. Esta gente de por aquí es supersticiosa, pero cuando le cuente verá que no es para menos. Hace muchos años, este era un próspero pueblo pesquero, en donde la abundancia de pescado era insuperable. Exagerando un poco, la gente decía que aquí había más pescado que todo el que se pudiera pescar desde las costas de Cuba hasta las de Chile y Argentina juntas. Una barbaridad, por supuesto, pero eso le da una idea de los tiempos que se vivían. Ya nadie se acuerda de eso. Yo era muy joven, pero aún lo recuerdo. La bonanza había surgido a partir del hallazgo de una figura tallada en madera en las costas del pueblo. La madera tenía inscripciones en una lengua extraña, que algunos achacaban a lenguas indígenas extintas. La figura representaba a una mujer, con la particularidad de que, de la cintura hacia abajo, parecía un pescado. Se le atribuían poderes mágicos capaces de efectuar el milagro de multiplicar los peces en las redes de los pescadores. El pueblo empezó a venerar a aquella figura misteriosa como a una virgen. Según las creencias de entonces, ella llenaba las redes de los pescadores...

El tabernero parecía haber encontrado confianza y conversaba con mayor desenfado. Con frecuencia, iniciaba sus frases con un "Usted verá", aunque la expresión estuviera desplazada de lugar.

—Usted verá, como sucede con todas las cosas, la gente se acostumbró tanto a la bonanza que muchos empezaron a dudar de que la virgen tuviera algo que ver con el milagro. Muchos comenzaron a verla como un simple trozo de madera tallado. La fortuna de los pescadores era explicada aludiendo a las excepcionales condiciones climáticas de esta parte del océano. Como usted verá, y puede imaginarse, el culto a la virgen fue desapareciendo. El colmo fue que un buen día desapareció. Se la habían robado unos muchachos en medio de una borrachera y le prendieron fuego para calentarse mientras proseguían tomando aguardiente.

Ese fue el comienzo de la desgracia para el pueblo. Por meses todo parecía proseguir de manera normal. Un buen día, de repente, lo más insólito ocurrió. El mar empezó a retirarse. Nunca nadie había visto nada semejante. La curiosidad llevó a muchos a introducirse lejos dentro del terreno que antes estuviera ocupado por el mar —el tabernero hizo una pausa antes de proseguir—. Usted no puede imaginarse lo que pasó. De repente, con un rugido infernal, una ola gigantesca, yo diría que, de varios kilómetros de altura, se elevó y empezó a avanzar sobre el pueblo. A la gran mayoría de las personas y niños no les dio tiempo a correr hasta un lugar seguro. Fue terrible. Los que sobrevivimos al cataclismo estuvimos enterrando muertos por meses. Fue terrible—repitió, estremecido—. Usted verá. La prueba de que no miento está ahí. Ese barco lo trajo el mar, y nos lo dejó en medio del pueblo, como una maldición, para que recordáramos lo que habíamos hecho —dijo, conmovido.

Andrés no sabía si era rabia o pena lo que latía en el pecho del hombre, pero estaba seguro de que se encontraba a punto de llorar. Logró recuperar la compostura en el último instante, y prosiguió:

—Pero eso no es lo único. Toda esa agua salobre se posó y no se retiró más. Nos dejó rodeados de pantanos salados, atrapados de tal manera, que nadie ha podido salir por tierra de este pueblo, en años. Todos los intentos de abrir un camino hacia afuera han fracasado. La maldita maleza y los manglares crecen más rápido que lo que logran avanzar los machetes. El barco, por cierto, si usted lo toca, verá que se mantiene frío, sin importar las temperaturas infernales que a veces experimentamos por aquí. Algunos dicen que es porque es un barco nevera. Usted verá, yo más bien creo que es algo sobrenatural, y parte de la maldición que nos ha caído, porque a estas alturas cualquier batería alimentando esas neveras se hubiera agotado. Ese barco está muerto al igual que este pueblo. Lo que era nuestra riqueza desapareció. No hay pescado. Sin importar la temporada o la profundidad, en las costas frente al pueblo no habita ninguna criatura marina con vida. Ya nadie sale a pescar. La madera de esos matojos ni siquiera da para una buena fogata, mucho menos para construir barcos. Los que teníamos naufragaron en su gran mayoría y el resto se perdió con el tiempo, sin poder repararlos. Si me permite darle un consejo, amigo, si puede, así como llegó, váyase. Aquí todo agoniza.

V

"¿A dónde ir?", se preguntó Andrés, mientras recogía su mochila. Decidió abandonar el arma y las municiones en el lugar en que las había escondido. Se alejó del pueblo y el barco misterioso, convencido de que seguiría el consejo de "usted verá", evitando regresar. No había dejado atrás los tormentos de la guerra para pasar el resto de sus días en un pueblo sobre el cual pesaba una maldición. "¿Hacia dónde dirigirme?", se preguntó. Resolvió caminar de vuelta a la playa. Cuando llegó al lugar de la improvisada choza, notó que todo se encontraba tal y como lo había dejado. Decidió esperar hasta el próximo día. Podía esperar, se dijo a sí mismo, buscando vencer las dudas y los temores que lo apremiaban a seguir huyendo. No había descubierto ninguna señal de que lo hubieran estado siguiendo. "Puedo meditar con calma antes de decidirme". En el fondo, deseaba ver a la mujer una vez más. Aún recordaba sus ojos y la luna dibujada sobre su espalda. Esperó, llegó la noche, comió algo de las provisiones que había dejado en el lugar, y se durmió.

Cuando despertó, observó la luz de la luna reflejada sobre el mar, que mansamente traía su arrullo de olas. Vio a la mujer sentada en la playa, en el mismo lugar y en la misma posición que le había visto la última vez. Se levantó rápidamente y se dirigió hacia ella. No trató de interrumpirla, pues la observó desnuda de nuevo, con la mirada fija hacia el mar, susurrando un cántico que ya le había escuchado.

Andrés se sentó a su lado sin decir nada, observándola de reojo. Por momentos, llegó a dudar de la cordura de aquella mujer. Pero el misterio que encerraba le atraía más que las explicaciones lógicas. Tenía muchas preguntas que hacerle, sobre el lugar, sobre ella, pero, aún sin conocerla, percibía que nada de lo que concernía a la criatura silenciosa sentada a su lado podía descubrirse con prisa. Esperó, callada y pacientemente, escuchando como ella interpretaba lo que le pareció un cántico solemne. Vio cómo, al terminar, cerró los ojos y elevó los brazos en dirección hacia el mar, como si elevara una súplica, al tiempo que susurraba una especie de plegaria. Una vez terminó aquel ritual, después de una larga pausa, giró la cabeza hacia él, lo miró fijamente y le dijo: "Cuando te encontré, llevabas el aliento de la muerte".

Andrés asintió. Temió que lo cuestionaría sobre su pasado, y procuró cambiar el curso de la conversación.

—No tuve la oportunidad de agradecerte —dijo—. Cuidaste bien de mí. Las heridas han curado.

Ella permaneció en silencio, por lo que Andrés, para interrumpir su inquietante mutismo, prosiguió:

—Pienso que me mordió una serpiente entre los matojos. Me sentía paralizado, y debo haber estado delirando, debido a la fiebre.

La mujer seguía en silencio.

— A juzgar por la herida de la pierna, y las otras, también supongo que perdí mucha sangre... —prefirió no entrar en detalles sobre la herida en la pierna, pues podría haber sido un balazo, y no deseaba dar explicaciones sobre su deserción.

Tras un suspiro, ella lo miró a los ojos, profundamente, y dijo:

— No importa la razón por la que huías. Lo importante es que estás a salvo.

Andrés asintió. Los dos se mantuvieron en silencio, y solo el mar hablaba con sus olas. Por una razón inexplicable, el estar junto a aquella extraña mujer lo llenaba de paz y serenidad, algo que no había sentido en muchos años.

—¿Cómo te llamas? —le preguntó, de pronto.

—Mar-it-za.

—Es un bonito nombre —dijo él—. Yo me llamo Andrés.

A partir de esa noche, Andrés y Mar-it-za se vieron todos los días. Sus citas siempre eran nocturnas, ya que el calor del día la agotaba, según ella le había confiado. Andrés dormía durante el día y despertaba únicamente para conversar con Mar-it-za. Se acostumbró a verla desnuda, a vivir por las noches y a escuchar sus historias fantásticas de antepasados místicos que se remontaban a los Mayas.

Él se limitaba a escucharla, prendido de sus ojos y sus labios, y nunca más cuestionó su cordura. Usualmente comían pescado, que ella traía consigo y preparaba de múltiples formas. Él le confió sobre su fuga del campo de batalla, de su anhelo de libertad, y de lo mucho que había deseado dejar atrás el horror que había vivido. Se sentía feliz durante esas noches. Aprendió a cantar algunos de los cánticos que ella entonaba y volvió a recuperar la risa y la sonrisa.

Impulsado por esa felicidad, una de esas noches se atrevió a darle un beso. Ella lució contrariada, pero aceptó sus caricias. Andrés se sumergió en las profundidades de Mar-it-za. Descubrió que desprendía fragancias de mar, que se intensificaban en la medida en que se erizaba en el fragor de la pasión. Esa noche, y muchas más que le siguieron, Andrés se adentraba como llevado

por corrientes marinas en el mundo de Mar-it-za, y quedaba dormido en sus brazos, arrullado por sus cánticos de mar.

Una noche soñó con criaturas marinas gigantescas y amenazantes, con mares feroces, estrellas de mar y delfines. Se despertó sobresaltado. Notó que el aire estaba enrarecido por un fuerte aroma, mientras el mar se movía alborotado por una fuerte brisa, poco usual en comparación con la suavidad de las brisas nocturnas que habían acariciado, hasta entonces, sus noches. Parecía como si la naturaleza presagiara algún mal inminente.

Buscó a Maritza. No estaba a su lado. Entonces la vio en la playa. Lucía atribulada. Bajo la luz de la luna, su piel adquirió el brillo que Andrés ya había vislumbrado cuando deliraba. Se le acercó y vio que lloraba.

—¿Qué te pasa?

—He sido muy feliz —le contestó—. Pero debo marcharme.

Asombrado, Andrés sintió cómo un enorme vacío empezaba a crecer en su pecho y se extendía en su interior.

—Pero, ¿por qué? ¿No dices que eres feliz?

—Porque los dos tenemos que ser libres.

Ella se aproximó y le dio un beso. Él experimentó un cosquilleo intenso por todo el cuerpo, y sintió que sus fuerzas le abandonaban, pero Mar-it-za lo sostuvo y lo colocó dulcemente sobre el suelo. Con los ojos abiertos, sin perder el conocimiento, se dio cuenta de que estaba paralizado. Mar-it-za lo besó nuevamente, esta vez en la frente, y se retiró, adentrándose lentamente en el mar, que rugía, con olas cada vez más violentas. Andrés la veía, impotente, adentrarse cada vez más en las profundidades. Cuando el mar iba a borrar su imagen, Andrés, lleno de furia, intentó levantarse, pero fue en vano, y ella desapareció entre las aguas.

Andrés gritó, desesperado, y, mientras gritaba, logró mover una de sus manos. Lentamente, comenzó a recuperar el control de sus brazos y piernas y a sentir el otra vez el pulso de su sangre. Cuando pudo, se arrastró hasta tocar el agua y, cual antídoto, toda su fuerza regresó de golpe. Se levantó de un salto y se internó en el mar. Nado hacia adelante con toda su alma, mientras el mar lo levantaba en vilo y lo hundía en la negrura de sus profundidades; pero, finalmente, logró alcanzarla.

La ola gigantesca que los envolvió y los hizo desaparecer, volcó sobre la playa millares de peces. Los habitantes de aquel pueblo frente al mar Caribe, con un barco imposible anclado como una maldición en su mismo centro, descubrieron el milagro en la mañana: no solo todo el litoral estaba cubierto de peces, sino que el mar frente a sus costas hervía de ellos. Los años de penurias y oscuridad habían pasado.

Todavía hoy, es posible escuchar las historias que han pasado de generación en generación. Cuentan que, cuando llega la luna llena, y el mar parece estar dormido, algunos han visto a dos amantes que nadan lado a lado entre las aguas. Otros, más incrédulos, aseguran que son leyendas para atraer turistas y que se trata solo de delfines, que merodean con frecuencia esas costas.

Algunos, no obstante, sostienen que existe algo más profundo u oculto tras las habladurías para visitantes de paso. Afirman que el pueblo guarda un secreto, algo relacionado con duendes o fantasmas, y que los ancianos solo desvían la atención del público con la versión de la leyenda para el consumo turístico.

La verdad es que la gente del pueblo guarda secretos. Los ancianos preservan altares escondidos donde se conservan y venera, secretamente, a dos figuras talladas en madera. Las figuras corresponden a la del hombre y la mujer que en ocasiones se avistan desde la playa, con sus cuerpos entrelazados entre sí. El mar encierra otro secreto. Entre los arrecifes, yace un enorme barco agujereado y lleno de piedras enormes. Se cuenta que, aprovechando una crecida, los habitantes de entonces lo arrastraron con sogas de lianas y lo hicieron rodar sobre troncos de madera hasta quitarlo del centro del pueblo, donde ancoraba como prueba de una terrible maldición.

A los habitantes originales, y a sus descendientes, no les causa ningún asombro que los cuerpos tallados de las figuras que veneran, de la cintura hacia abajo, tengan una forma muy parecida a las colas entrelazadas de dos peces, y mucho menos que, en los días festivos, la gente entone, casi como un secreto, cánticos místicos que invocan al amor, frente al inmenso mar, en el dulce y hermético lenguaje de los mayas.

Dadelos

Cuando el inmenso hongo de humo apareció en el horizonte, parecía que ocultaría al sol. Su siniestra figura se irguió hacia lo alto, como para divisar desde allí los más lejanos confines. Para entonces, ya a nadie le importaba su origen, ni quiénes eran los responsables de su aparición.

El intenso calor que emanaba su aliento se apoderó de las hojas, de los árboles, de los animales, los objetos, y también de los seres humanos, que corrían despavoridos con sus hijos en brazos o tomados de la mano, para caer de rodillas, implorando piedad inútilmente. Sus carnes estaban cubiertas por una capa de polvo gris que parecía cubrir toda la faz de la tierra. El calor irresistible avanzaba por las venas, en un viaje interminable de dolor a través de las cavidades, que corroía los huesos y hacía hervir los líquidos del cuerpo, empujando a los animales, enloquecidos, que embestían locamente, en un esfuerzo inútil por sacudir el martirio desatado sobre sus lomos y vísceras. Mientras tanto, un ruido estrepitoso, que venía de todas partes, se tragaba los sonidos y lamentos, dejando a las gargantas sin gemido y reventando de dolor los tímpanos sangrantes.

Algunos llegaron a comprender, antes de que se les brotaran los ojos de sus cavidades, que empezaba para ellos el Último Día, entregándose, entre llantos y oraciones, a la oscura inmensidad de la nada y a la seguridad absoluta del que no existe.

En el atardecer de aquel día, los cielos se vistieron de negro y las tierras de gris, para dar paso al último amanecer, el cual, contrario a lo que la naturaleza había ordenado hasta entonces, inició en las horas de la tarde.

A la humanidad, que reposaba, inerte, a sus pies, no le estaría reservada la oportunidad de un amanecer cotidiano, ni podría albergar ninguna otra esperanza dentro de la hecatombe creada con sus propias manos, y desatada con todo su peso sobre ella, para derrumbarla y arrastrarla a la extinción.

La lluvia gris se prolongó, incesante, y nadie sabía si pasarían meses, años o siglos, hasta de que empezaran a caer nuevamente otras gotas, claras y cristalinas, sobre los ríos muertos, y no las grises y penumbrosas que rebotaban sobre la superficie como cartuchos de metal.

El monstruo de humo que había copado el horizonte, vomitando su interior de fuego y destrucción, había permanecido casi inmóvil después de que el silencio retornara a las ciudades y campos de la tierra, y parecía contemplar la perfección de su poder, adquirido gracias a los hombres. Le habían otorgado el privilegio de la libertad para forjar el futuro de sus creadores y depararles la suerte que encerraba en su interior.

Fue así cómo, sin muchas pretensiones, y casi al azar, aquella masa de energía, calor, polvo y tragedia, desligándose de la ciencia de los hombres, pudo transformar las leyes de la naturaleza y concebir el nuevo amanecer del Ultimo Día.

No era que lo que habitaba dentro del hongo de humo, piedras, polvo y energía, pudiese reflexionar sobre los hechos que se sucedían a su alrededor; pues lo eludía por igual cualquier concepto sobre la historia de su naciente existencia. Sin embargo, no era allí donde se encontraba la razón de su proceso evolutivo, sino que la naturaleza, una vez perdido su rumbo ante la hecatombe, buscaba a tientas un nuevo camino, para escapar de aquel mortal perseguidor de humo y fuego, que había sembrado en el mundo tal devastación, propagando la hediondez de la muerte a los cuatro vientos.

Aquello que surgió del profundo interior del hongo mortal, lentamente, cual *arjé* en flujo constante, empezaba a tomar conciencia de su existencia. No era en realidad un hijo del monstruo de fuego, ni de la naturaleza, sino el resultado involuntario de los dos, en un esfuerzo de la última por continuar su quehacer creador.

Lo primero que aquella criatura percibió, en su paso de las tinieblas de la inexistencia hacia la luz del ser, fue la ausencia de intervalos en su conciencia. Los ciclos del tiempo habían terminado, o al menos se habían detenido un instante, que bien podía comprender un lapso de siglos, como también el de una fracción de segundo. No sabía con certeza si, al abandonar su refugio de humo, piedras, polvo y energía, iniciaría la creación de un tiempo nuevo, un nuevo ciclo de *ekpyrosis*, o sería presa de la destrucción encerrada en sus entrañas. Pero la duda cedió a otra percepción, cuando, atravesando el telón de humo que la envolvía, primero titubeante y luego con firmeza, se adentró en la realidad existente del mundo que había sido llamado la Tierra.

Al avanzar sobre ella, la criatura se encontró, absorta, con la presencia poco familiar del silencio absoluto. Se sintió conforme, satisfecha, al notar que podía contradecir las leyes de la física, de estar completamente desligado de ellas, pero no pudo encontrar explicación alguna a su satisfacción. Comprendió que se concebía a sí misma como el reflejo inverso de todo aquello que le rodeaba, tal fuera un espejo viviente que empezaba a captar imágenes de lo nunca visto antes de su existencia. Tomó conciencia, entonces, de la presencia de su nombre en todas partes y sobre todas las cosas. Desde ese preciso instante, se llamó a sí misma, Dadelos.

Nada, ni nadie, en la alborada absurda del último día, le contradijo, sino que las cosas y la brisa, que empezó a disipar las tinieblas, asintieron con su callada presencia.

Desde su aparición sobre la faz de la tierra, esta había cambiado, mostraba profundas cicatrices y gran devastación. Se propuso, entonces, visitar diversos parajes, para conocer la extensión de lo que llamaría su hogar.

Por mucho tiempo, visitó parajes que habían cambiado su configuración. Los palpaba con su plasma, y los reconocía como suyos, descubriendo su pasado y forma, pues bastaba buscar en sus recuerdos para encontrar la elevación perfecta y el ángulo adecuado para observar las cosas desde su propia esencia y verlas con los ojos prexistentes a su propia creación. Y es que, para el ente, existían solo dos dimensiones del tiempo en su ser: Antes y Ahora. En su ingenuidad, propia de su corta existencia, desconocía el Después. Así sería durante todo el período de su existencia.

El futuro y su dimensión existencial no era, ni sería jamás, parte de su ser. Sin poder escapar a las dimensiones temporales que lo limitaban, exploró los campos, los ríos y mares en busca de los recuerdos perdidos, rememorando las cosas que inexorablemente habían cesado de existir o se habían transformado hasta ser irreconocibles. Al rescatar los recuerdos, fue creciendo su paciencia y su capacidad para cuestionar las cosas de las cuales había sido testigo y creador, pues, con cada recuerdo que rescataba, algo cambiaba en su interior, simultánea e irreversiblemente.

Fue así como empezó a crecer en espíritu, aumentando su capacidad noética, para intuir el propósito místico de su existencia. Fue así como, en un instante, detuvo su aliento, que era capaz de mover el tiempo y los destinos de la Tierra, para estremecerla sobre su eje e iluminar los cielos con una pregunta.

Fue a partir de esa interrogante que rasgó su velo de inocencia, cuando empezó a intuir la verdad de lo que no había logrado dilucidar previamente. Con sus ojos ciegos, que podían palpar y reconocer la veracidad original encerrada en las sombras y las cenizas del pasado, empezó a leer las hojas carbonizadas, que volaban por todas partes, entregadas a un baile desenfrenado con el viento, que ahora soplaba con vigor. Pero su despierta curiosidad no descansó allí, sino que se adentró entre los restos incinerados de las bibliotecas y las habitaciones oscuras y polvorientas que descansaban, en espera de una posteridad inexistente y el paso implacable de un tiempo sin calendario.

En su esfuerzo desmedido por saciar la sed de saber que había despertado, empezaron a recrearse los recuerdos que formaban parte de su esencia, permeada de humanidad. Retornaban veloces, cambiando y sucediéndose, vertiginosamente, unas tras otras, imágenes, ideas, fechas, nombres, lugares…, formulando nociones abstractas y prácticas, al tiempo que, en síntesis, adoptaban la forma de nuevas interrogantes.

Dentro de la complejidad de las ideas empezó a palpar la perfección matemática, la simetría de las construcciones arquitectónicas, su exactitud geométrica. Resbaló por probetas y se sumergió en los líquidos, palpando la Química, la Física, la Biología y la Genética. Y así prosiguió, desvelando con asombro la inmensidad universal comprendida en la Astronomía y el cosmos oceánico. Siguió indagando, sorprendido, profundizando en su intelecto, entre los laberintos de la Filosofía, la Psicología y la Psiquiatría. De allí, a un ritmo acelerado, se adentró a descubrir la belleza de las palabras, la poesía, la música y las artes, la naturaleza del hombre y la mujer, la humedad de su piel y su sexo, la brevedad de su propia presencia, la alegría extinta de los niños, la tristeza, el hambre, la riqueza, la pobreza, las máquinas, los cohetes espaciales, las bombas y la sangre. El Final, el Inicio…

Fue entonces cuando comprendió, estremecido, lo ignoto, en el recóndito lugar de la esencia de su ser y, al mismo tiempo, su propia condena...

Entonces, si de su ser sin rostro y sin ojos hubieran podido brotar lágrimas de pena, habrían brotado. La tristeza, desconocida hasta entonces, no quiso alejarse de Dadelos. Lo embargó tal dolor que, como si quisiera adormecer su conciencia, ahora despierta, no cesaba de repetir la única pregunta que lo atormentaría por el resto de su existencia y lo llevó a concluir que él era un intento perdido, un desvarío.

Decidió dar una nueva oportunidad a la naturaleza, volviendo él sobre los suyos. Deseó permitir un nuevo amanecer en que fuera desterrada la soledad sobre la faz de la tierra, en el que el verdor vegetal retornara a cubrir la superficie del planeta, donde los niños corretearan en los barrios y los hombres amaran a las mujeres, soñando con un "después", y que nunca más llegaría el amanecer del último día.

Una vez que reconoció el significado de su nombre sobre la faz de la tierra, presa de la melancolía, besó, a su manera, a los recuerdos recuperados, que había aprendido a amar, y en medio de un gran estallido, Dadelos dejó de existir.

Cuando las nubes grises empezaron a llorar gotas cristalinas, que lavaban la superficie de la tierra, aún no sabía con certidumbre si su sacrificio tendría una oportunidad de éxito, ni sabría jamás la respuesta a la pregunta que atormentó su ser durante su efímera existencia, y que repitió hasta su último instante: "¿Por qué?"

Perdido

A pesar del tiempo que llevaba experimentando la misma condición, y sin esperanza aparente de cambio alguno, no se resignaba a lo que a todas luces parecía inevitable. No podía acostumbrarse a la idea de que era un fantasma.

"¿Por qué me sucede esto?", se preguntaba. "Hasta donde recuerdo, fui a la iglesia con cierta regularidad, confesaba mis pecados (aunque no mis desaciertos), tomé decisiones afortunadas y menos afortunadas, perdoné cuando pensé que debía hacerlo y evité buscar venganza donde otros hubiesen considerado correcto hacerlo. Traté de ser justo, en la medida de lo posible, y no me ufano de haberlo sido siempre, porque sé que no lo fui. Amé, a veces con locura, pero sin olvidar la ternura que debe estar presente en el amor, buscando descubrir lo bueno en la mujer que amaba y tratando de obviar sus defectos evidentes. Lastimé algunos corazones que me profesaron su amor, y pagué con creces esos pecados. Obsequié a mis semejantes, y al más necesitado, lo que creí debía o podía darle en su momento. Trabajé duro a lo largo de toda mi vida de mortal, pensando que el trabajo era un acto de nobleza y formaba el carácter. Al final de mis días, esperé la recompensa de un descanso en el cielo".

Allí se detenía. Él había esperado un descanso, en el cielo; en cambio, le habían otorgado una estancia eterna lejos de allí, confinado al mundo incierto de los fantasmas, donde las ánimas deambulan, presas de la incertidumbre, cuestionándose si su destino es regresar al mundo de los mortales o descansar, finalmente, en el reino de los cielos.

Sabía que la existencia de los fantasmas se atribuía, comúnmente, a que las almas tenían algún asunto pendiente en el mundo de los mortales. Pero, por más que se esforzaba en encontrar cuál pudiese ser tal asunto, no lograba identificarlo.

La vida de un fantasma, si es que a aquello se le podía llamar así, era, por demás, diferente a como la había imaginado, o como los novelistas la han descrito. Por ejemplo, no era cierto que a los fantasmas les causaba placer asustar a los vivos. Lo cierto es que la transición a una existencia espectral significaba tener que andar en el mundo físico como si se necesitaran gafas todo el tiempo. Era evidente que, en ocasiones, podía vislumbrar algunas cosas y objetos en el mundo de los mortales, pero la mayor parte del tiempo las percibía como visiones o formas nebulosas que no podía distinguir con precisión. Se imaginaba que así vería su entorno una persona que sufriera de astigmatismo, sin el beneficio de unos lentes para corregir el problema. Aprendió que, como parte de las capacidades conferidas a su condición, a veces era capaz de mover objetos del mundo terrenal. Recordaba que casi estuvo a punto de causarle un infarto a una señora que habitaba en la casa donde él se encontraba explorando sus facultades. En esa ocasión, parte de lo que era su esencia fantasmal, se materializó por un instante, y debido a que veía todo borroso, tropezó con una silla, derribándola. Como era de esperarse, la señora también cayó al suelo, desmayada, y faltó poco para que cambiara su morada física por la espiritual.

Además de las dificultades al desplazarse, colisionando frecuentemente con objetos del mundo físico, tenía que lidiar con la soledad. Deducía, por lógica, que habría otros como él, sin el permiso para ascender al paraíso prometido, pero no había tenido la fortuna de encontrarse con otro espectro que compartiera una suerte similar a la suya. Pacientemente, sus días trascurrían esperando la decisión divina de concederle entrada a la gloria celestial, y lo que se había convertido en un pasatiempo banal: adivinar cuáles objetos veía desde aquel mundo difuso que habitaba, mientras se acostumbraba a una existencia pendular entre luz y penumbra.

En ciertas ocasiones, el mundo físico se mostraba con mayor claridad. Por alguna razón, desconocida para él, algunos mortales o médiums poseían la capacidad de descubrir el velo que ocultaba el mundo material del fantasmal. Cuando el médium conjuraba los espíritus podía escuchar con bastante claridad la voz de la persona que invocaba a las ánimas, e incluso, distinguir con precisión los rasgos de su rostro, el de los otros presentes en el lugar, e incluso reconocer los objetos que se encontraban en la habitación.

En esas ocasiones, el fenómeno se iniciaba con la aparición de una luz brillante que, de cierta forma, anunciaba la inminente aparición de las imágenes. Curiosamente, esto también ocurría con frecuencia cuando moría una mascota, la cual hacía su aparición momentánea para luego desvanecerse. Al principio le causó sorpresa, pero fue acostumbrándose a estos fenómenos, pues sucedían con cierta periodicidad.

Nunca respondió a los pedidos de médiums de iniciar una plática. Se limitaba a observar con curiosidad el mobiliario de las habitaciones desde donde se hacía la invocación, y buscaba identificar algún rostro familiar. Esto último, sin mucha suerte, pues nunca pudo distinguir el rostro de nadie conocido. Le molestaba acudir a los llamados de los médiums, cuando él no tenía relación alguna con los que le invocaban. Si hubiese sido por él, habría obviado todas esas convocatorias y citas innecesarias. Mas, no bien se producía una, se veía obligado, por alguna razón divina que no le fue explicada, a aceptar la invocación, sin derecho a rehusarse. Tenía entonces que trasladarse forzosamente hasta el lugar. Cumplía entonces, con desgano, lo que tal vez era su deber como fantasma, pero nunca tomaba la iniciativa. Al parecer, esa actitud no tenía consecuencias, pues jamás escuchó una reprimenda divina ni observó ninguna intervención que le indicara lo que, se suponía, tenía que hacer, lo que era correcto o incorrecto, o cuáles eran sus obligaciones.

Imaginó que, desde la perspectiva de los mortales, el mundo etéreo luciría bastante rutinario, y de cierta forma aburrido. Al menos, esa era una de las conclusiones a las que había arribado.

En una ocasión, justamente mientras trataba de adivinar si el contorno difuso que veía era parte de una persona o una mecedora, ocurrió el fenómeno de la impredecible luz.

"Y ahora qué", se dijo, "¿mascota o médium?". Notó que la luz tomaba más tiempo de lo acostumbrado en revelar lo que ocurriría, por lo que intuyó que algo diferente, desconocido para él, estaba sucediendo. En efecto, en lugar de una mascota o algún médium, lo que se empezaba a perfilar esta vez era un contorno femenino. La luz se hizo más intensa para luego desvanecerse por completo. Lo que vio entonces, habría podido matarlo del asombro, si ya no estuviera muerto y fuera un fantasma.

—¡Rosario! —exclamó.

—¡Julián! ¡Finalmente te encuentro! —gritó ella, la misma que había sido se esposa en el mundo mortal, y ahora surgido claramente desde la luz.

—Pero, ¿cómo es posible que te encuentres aquí!?

— Por lo visto, no recuerdas nada —dijo ella, con una sonrisa.

— ¿A qué te refieres?

—Tuvimos un accidente, Julián. Tú ibas conduciendo el vehículo. Perecimos los dos. No pudiste hacer nada para evitarlo, pero quedaste con la idea de que tenías la culpa de mi muerte. Por eso, cuando nos llamaron a los dos para ascender, la pena que te embargó minutos antes de tu deceso ensombreció tu camino y te extraviaste. Has estado perdido. Llevo mucho tiempo buscándote. Ahora, ven conmigo. No nos separaremos más. Julián no sabía que los fantasmas podían asombrarse y alegrarse, hasta ese día.

Reencuentro

Sería fácil decir que el tiempo no había transcurrido lo suficiente como para producir cambios notables, que la sonrisa juvenil y la mirada inquieta aún se encontraban escondidas en su semblante. Pero ahí estaba el espejo, devolviéndole los surcos marcados en su rostro con el hierro del tiempo, y los destellos plateados que coronaban su cabeza. De pronto, una interrogante tomó por asalto su mente: "¿Qué estará pensando Lourdes?"

Benjamín se había encontrado una vez más con Lourdes hacía tres días, en un teatro, en uno de esos momentos en que no sabe si el azar o el destino habían preparado el día y la hora precisa. Lourdes había decidido, de forma impulsiva, acudir a una presentación de teatro en compañía de unas amigas. Ese mismo día, en otra parte de la ciudad, quizás apremiado por las mismas urgencias del destino, o debido al hecho de que se encontraba en una ciudad a la que se había mudado recientemente, y que desconocía, Benjamín acariciaba la idea de asistir al teatro.

Tal vez, la única razón para que se decidiera a asistir a la obra, de la misma forma impetuosa en que lo había hecho Lourdes, había sido la conformación favorable de los astros. Habían transcurrido muchos años desde la última vez que Benjamín y Lourdes se habían visto.

Los incrédulos de la Astrología y quienes dudan del destino, dirían que el encuentro había sucedido de una manera fortuita. Benjamín, por el contrario, quedó convencido de que solo las fuerzas invisibles del universo la pusieron al alcance de su mano, una vez más. Lo había soñado tantas veces, y de tantas formas posibles…

Habían pasado inadvertidos, uno del otro, durante la primera parte de la presentación. Sin embargo, durante una pausa, mientras se encontraba en el vestíbulo atestado de público, la risa de Lourdes hizo que Benjamín girara la cabeza para identificar su punto de origen. Reconoció entonces su rostro entre el grupo de amigas y, de repente, como si un rayo de calor le hubiese traspasado, viajando a toda prisa a lo largo y ancho de su cuerpo, se inflamaron sus venas con el hervor de su sangre y creyó que caería al suelo con un ataque. Sus extremidades y su boca parecían haber perdido todo vestigio de conexión con su cerebro. No podía moverse. Tampoco atinó a decir algo espontáneo, suspicaz, lleno de picardía, ni siquiera coherente, para reafirmar el rasgo de improvisación innata que lo caracterizaba, y más aún, para ganar tiempo y retomar su compostura. En su lugar, acogotado por la sorpresa, había exclamado su nombre en alta voz, como un grito desentonado y ridículo, y luego balbuceó algo ininteligible, mientras la veía aproximarse.

Había ensayado el encuentro tantas veces en su mente, y nada se acercaba al cuadro irrisorio que ahora vivía. Al saludarla, apretando su mano, había recurrido a una de esas frases gastadas que parecían de una tarjeta impresa. Ahora, mientras se observaba en el espejo, trataba en vano de recordar cuáles habían sido, pero lo único que lograba reproducir en su interior era la sensación embarazosa del momento inicial, y luego aquella sensación quemante, alimentada por tantos años de rumiar iras viejas…

"¡Lourdes!" La voz que pronunciaba su nombre tenía un sonido familiar, profundo, que evocaba al mismo tiempo imágenes del pasado. Buscó entre la gente y lo reconoció enseguida. Vio el estupor reflejado en su rostro, y aunque, inicialmente, pensó convidarlo a que se uniera al grupo de amigas; viéndole allí, con la mirada fija, desistió de ese primer impulso.

Él se encontraba prácticamente al otro extremo del salón. Mientras esbozaba una sonrisa, agitó la mano para enviarle un saludo y señalarle que se dirigiría hacia él. Se excusó con sus amigas y avanzó hacia él. No quería lucir apresurada, pero mientras se desplazaba abriéndose paso entre la gente, empezó a sentirse ansiosa, y la preocupación por el ruedo del vestido que amenazaba con soltarse y que había ocupado su mente al entrar al teatro se había desvanecido totalmente, reemplazada por el deseo de llegar hasta donde se encontraba Benjamín. Percibía a las personas que se encontraban en su camino como obstáculos impertinentes y enojosos, y trataba de evadirlas con delicada destreza. Él la esperaba inmóvil, apoyándose en una butaca.

Después de intercambiar las acostumbradas frases de asombro, de mutuo afecto y respeto que requieren el protocolo y las buenas costumbres, acordaron volverse a encontrar de nuevo en otro lugar, tres días más tarde, así tendrían tiempo para conversar.

Se habían despedido la última vez, hacía varios años, con un adiós empapado de asperezas y resabios amargos, impulsados por ese tipo de cosas que pasa entre las parejas, donde la separación surge de la nada, pero con la inusitada violencia y voracidad con la que surgen los volcanes.

Benjamín se mudó a otra ciudad y la distancia se hizo más larga. Decidió escribirle, asegurándole sus votos de amistad desinteresada y restableciendo un vínculo frágil, al cual ella correspondió de una forma tímida.

Cuando se enteró del compromiso de Lourdes y sus planes de boda un año más tarde, le escribió una vez más, para felicitarla. Ella no supo nunca que aquella noticia, y la carta que se obligó a escribir, sería el principio del descenso de Benjamín a los infiernos de la culpa, y la desesperación más pura. Él se reprochaba su propia terquedad, el no haberle confesado que había escrito numerosas cartas que nunca envió. En ellas le pedía perdón por la torpeza con la que se había conducido y le decía que la amaba con locura, que su vida sin ella se había vaciado de sentido...

Había guardado las cartas, pero luego, cuando entró en crisis, se las envío a sí mismo y siguió reproduciéndolas compulsivamente. Por suerte, ya había superado aquello... Ella se casó, con otro... La realidad lo había golpeado en la cara y era definitiva.

Desde entonces había pasado una década. Para él, una década cruel, en la cual sus sentimientos por ella fueron a la deriva hasta que poco a poco, como un río subterráneo que va forjando su cauce hacia el exterior, sentimientos contradictorios empezaron a erosionar el corazón de Benjamín. Ahora, ni siquiera él sabía de qué sería capaz. Por fortuna, la reaparición de Lourdes le brindaba la oportunidad de hacer, al fin, los reajustes con los cuales había soñado tanto... Sería un nuevo comienzo.

Durante los días previos al encuentro, Benjamín durmió poco. Reposaba, con el corazón henchido de anticipación. Se sorprendía preparando monólogos imaginarios en los que explicaba las razones, circunstancias y eventos del pasado, cabalgando de un pensamiento a otro hasta quedar exhausto por la convicción de que no debía adelantarse a los hechos, y ante la incógnita de lo que pudiera estar pensando Lourdes. Llevaba muchos años huérfano de sus caricias. Se hubiera merecido al menos otra oportunidad, una misiva. Eso hubiera cambiado las cosas. Pero ya era muy tarde para reproches. Repararía, al fin, lo que por mucho tiempo pareció inalcanzable.

Mientras se afeitaba, y paseaba pacientemente la navaja resbaladiza sobre su cuello enjabonado, sintió su perfecto balance, la facilidad con que se dejaba empuñar, dócil, como una extensión de su mano. Descartó de inmediato el uso de otro instrumento para realizar su plan. Dio unos cortes imaginarios al aire y sonrió complacido. Con cualquier otra arma hubiera sido demasiado rápido y fácil, y jamás compensaría el dolor, la frustración que había arrastrado consigo por tantos años a causa de su desprecio. A su mente vino una frase de Benedetti, que ahora, para él, cobraba cada vez más sentido mientras avanzaban las manillas del reloj: "Después de todo, los amores olvidados son pesadillas dulces".

Póker

Con un movimiento del pie, tan rápido que parecía no haber movido un solo músculo, uno de los dos hombres sentados a la mesa aplastó una cucaracha. Ambos levantaron instantáneamente la vista del juego de póker al escucharse el desagradable sonido crujiente del insecto quebrándose bajo el peso del zapato, que dejó el interior del bicho desparramado y pegado a la suela. Los dos irrumpieron en una risotada casi al unísono.

— Me debes veinte pesos —dijo sonriente el más barbudo de los dos—. ¡Te aposté a que aplastaría a la desgraciada!

—Debí habérmelo imaginado —respondió el otro, asintiendo—. Donde pones el ojo, pones la bala, en este caso, el pie.

Los dos rieron nuevamente.

Prosiguieron con el juego de póker en silencio. Una lámpara de kerosene, que amenazaba en ocasiones con extinguirse, fungía como única fuente de iluminación. Las sombras de los hombres se proyectaban sobre las paredes descoloridas de la casucha en que se encontraban. Se movían animadamente como fantasmas oscuros, aumentaban y disminuían de tamaño repentinamente, en una especie de danza macabra que parecía reflejar el alma oscura de ambos. Las ventanas permanecían cerradas por razones de seguridad y no permitían más ventilación que la de pequeñas rendijas que habían dejado abiertas para mantener un mínimo de ventilación. A duras penas, en ocasiones, se colaba una ráfaga de aire que refrescaba sus espaldas y hostigaba al kerosene. En camisilla, parecían haberse acostumbrado al calor y el olor a sudor que permeaba el ambiente.

—¿Gustavo, cuánto tiempo más crees que tendremos que estar en este agujero? —preguntó el hombre de menos barba.

— En tu lugar no me preocuparía por eso, Ganzúa. Ya nos avisarán. Después que perdimos al coronel dentro de la policía, las cosas no son tan fáciles. Ya sabes que el nuevo jefe sigue haciéndose de niño lindo con la prensa. No me asombraría que el día que lo retiren del cargo se postule para presidente. Otro imbécil al que habrá que soltarle plata.

Ganzúa no respondió. Los dos se conocían hacía mucho. Tenían una amistad basada en las ventajas comerciales de su oficio. Se remontaba a unos quince años de récord criminal que los unía en las buenas y en las malas. La relación se había forjado en la cárcel correccional de "La Victoria", situada en las cercanías del poblado conocido por sus habitantes, de forma abreviada, como "Villa", mientras ambos cumplían, independientemente, condenas por asesinato.

Gustavo colocó la baraja en sus manos. Se acercaba a formar un full de nueves. Miró a Ganzúa con la misma mirada fría que dirigía a sus víctimas mientras las encañonaba antes del disparo mortal. Con el pulgar, acarició suavemente la carta ganadora. Ese era el único gesto involuntario, casi automático, que solía hacer cuando se encontraba cerca de ganar una partida y que podía delatarlo. Se conocía demasiado bien a sí mismo. También conocía demasiado bien a su contrincante. Sabía que Ganzúa no tenía la paciencia, la capacidad de observación, ni la inteligencia como para conectar una cosa con la otra. Preveía que ganaría la partida. Quince años había sido tiempo suficiente para observar y estudiar a Ganzúa. Había memorizado sus ademanes, y era consciente de sus fortalezas y debilidades.

Ganzúa vivía convencido de que no había que ser muy inteligente para hacerse de una fortuna. Bastaba con poseer sagacidad, como la que había cultivado en el fragor de las calles de los barrios, entre riñas, rufianes, robos, prostíbulos y drogas. Esa astucia lo condujo a su vez a reconocer la inteligencia de Gustavo y las ventajas que tendría al asociarse con él. Lo calibró en su justa medida, como un hombre frío y calculador. Había aprendido muchas cosas de él. Entre otras, que ser un asesino no significaba el tener que renunciar a la buena vida, pero requería una cuota de sacrificio y método. Gustavo lo había convencido de que el asesinato podía ser una forma lucrativa de vida, en la que el truco para sacarle el jugo a la profesión consistía en cotizarse alto, ser altamente eficiente en el oficio y en mantenerse fuera de la cárcel la mayor parte del tiempo posible. Esto último tenía a veces un precio que tenía que estar dispuesto a pagar. Los sobornos a oficiales y jueces habían estado en ascenso en los últimos años.

Gustavo reconocía que, a pesar de su baja intelectualidad, Ganzúa poseía un nivel de socarronería que él mismo no podría alcanzar jamás; y se percató de inmediato que podía sacarle provecho a su fuerza bruta. Con el tiempo, formaron un dúo que se complementaba. Gustavo se ocupaba de la planificación de los crímenes, mientras Ganzúa le ayudaba a ejecutarlos. Trabajaban en conjunto como cerebro y músculo.

A Gustavo le intranquilizaba, por momentos, la ambición y la sed de sangre, a veces desmedida, que mostraba su compañero. Le costaba mucho esfuerzo contener sus apetitos. No se engañaba, Ganzúa le era fiel como un perro, pero solo mientras él fuera capaz de sostener el hueso en las manos. Por eso se preocupaba por mantener ese estado de cosas de forma perenne, para conservar la relación en buenos términos.

Entre bocanadas de humo, los hombres se servían de una botella de ron sin preocuparse por las horas, la humedad, ni el aire pesado impregnado por las nubes de tabaco, que enmascarara hasta cierto punto el olor fétido de comida descompuesta. Llevaban cinco semanas encerrados en aquel lugar que, malamente, podía denominarse una choza. En aquel mes de agosto las lluvias habían sido diarias, y la plaga de mosquitos constituía para ellos un verdadero fastidio. Mantenían encendida lo que popularmente se conocía como "una cobra para espantar mosquitos", un pequeño artefacto en forma de espiral color verdoso, que al encenderse desprendía una especie de incienso de dudoso efecto repelente.

A un lado, contra la pared, se encontraban dos camas. Aunque hubiera bastado con una, pues Gustavo dormía sobre el suelo. Las pesadillas que lo visitaban con frecuencia y el temor de que el espíritu de alguna de sus víctimas surgiera desde la oscuridad debajo de la cama y lo arrastrara hacia un sueño del que no pudiera despertar, lo habían convencido de que el piso raso era el lugar más seguro para dormir.

Gustavo se preocupaba por mantener ocupado a Ganzúa. Cuando no estaban jugando cartas dormían en turnos para estar al acecho de cualquier maniobra de la policía en los alrededores de lo que ellos llamaban "el hueco", que era como habían denominado a la choza donde se escondían.

El "hueco" era uno de los múltiples refugios que Gustavo había planificado para esconderse de la policía mientras eran buscados. Aparte del ron, y las cartas, para Ganzúa el único otro entretenimiento era el aspirar unas "líneas" de cocaína. Gustavo no compartía el vicio. Prefería leer. Con frecuencia, Ganzúa se mofaba de él cuando lo veía leyendo. Solía decirle cosas como: "Eso de estar leyendo cuentos y novelas son cosas de mujeres..."

En el fondo, sabía que Ganzúa apenas lograba leer, que le causaba rabia y vergüenza el escuchar a Gustavo usando palabras como "concupiscencia", y tener que reconocer que no sabía de qué carajos hablaba ni lo que significaba. Gustavo no gastaba su tiempo en discutir con él. Después de todo, las diferencias entre ambos iban más allá de una diferencia de opiniones. Él era un hombre cultivado, había ido a la universidad, e incluso se había iniciado en la carrera de abogado, algo que siempre le había ocultado a su compañero.

Mientras Ganzúa se despachaba una línea sobre la mesa de noche, Gustavo barajaba nuevamente las cartas. Había ganado la última partida, y se preparaba para repartir las cartas para la próxima ronda.

Ganzúa retornó a la mesa con un semblante alegre y excitado. Tomó sus cartas en la mano y empezó a sortearlas.

— Tan pronto salgamos del hueco, lo primero que voy a hacer es buscarme a una buena mujerzuela para que me aguante unos riendazos.

Sin responder, Gustavo se limitaba a lanzar sus cartas sobre la mesa, y pedía otras.

—Cuando estoy así de arrecho, siempre me acuerdo de la primera mujerzuela que maté. No creo que te haya contado nunca sobre eso. ¿O sí?

En silencio, Gustavo se preparaba para escuchar una de las historias grotescas a las que lo tenía acostumbrado. De nada serviría tratar de detenerlo, pues terminaba contando sus historias espeluznantes sin preocuparse de que él estuviese dispuesto a escucharlo. Lo dejaba hablar, mientras se arropaba de frialdad inmutable ante lo horrendo de sus relatos.

—Esa mujercita sí que estaba buena. Cuando eso, lo que yo hacía era meterme en las casas a robar. Recuerdo que esa noche me metí en la casa para ver qué me podía llevar, sin saber que me iba a encontrar con una mujer tan bella. Ella me sorprendió de repente, cuando encendió las luces. Era una mujer bellísima, de ojos verdes. Creo que estaba esperando al esposo, pues lucía un negligé casi transparente. Enseguida me le fui encima para evitar que gritara. Se defendía como una fiera, pero mientras más me peleaba, más arrecho me ponía...

Ganzúa continuó su macabro relato, describiendo con lujo de detalles cómo había violado a la mujer, sometiéndola a múltiples vejaciones para luego estrangularla sin piedad. Estaba describiendo los últimos detalles de su crimen cuando Gustavo, que le había prestado más atención de lo usual, se levantó de la mesa sin mucho entusiasmo, señalándole a Ganzúa, con un gesto, que iba a orinar. Se dirigió antes hacia la mesa de noche junto a la cama, de donde extrajo su pistola.

Cuando regresó a la mesa, Ganzúa sintió cómo el trago de ron se quedó a medio camino entre su boca y la profundidad de su garganta. No podía comprender el porqué de la mirada de Gustavo. De sus ojos emanaba esa sensación gélida que paralizaba los segundos, un brillo retraído, de lejanía y ausencia de compasión, que dirigía a sus víctimas justo en el momento en que las iba a separar del mundo de los vivos. En esta ocasión, sin salir de su estupefacción, a Ganzúa le pareció notar una diferencia: un líquido cristalino en los ángulos de los ojos de Gustavo. Pero inmediatamente su atención se concentró en el cañón del Colt. 45 que, con fría cortesía, abrió su boca para invitarlo a compartir un trago de muerte que desparramó sus sesos por toda la habitación.

Gustavo se quedó mirando a Ganzúa, quien descansaba ahora sobre la silla, tirada en el piso, con las dos piernas extendidas y una mano de barajas destinadas a perder la partida sobre el pecho cubierto de sangre. Le había despachado otros cinco disparos sobre el pecho. Gustavo se secó las lágrimas, que corrían ahora libremente sobre sus mejillas.

—¡Perro! ¡Debí haber hecho esto hace muchos años! —dijo con rabia, entre sollozos que empezaban a apoderarse de él.

Colocó la pistola sobre la mesa, tomó asiento en la silla frente a sus cartas de juego, y de inmediato irrumpió en un llanto incontrolable que no pudo detener por varios minutos. Todo su cuerpo temblaba. No supo cuánto tiempo permaneció en aquel estado, pero le pareció que se vaciaba su existencia en un hueco de oscura eternidad, ira e impotencia. Cuando se calmó el llanto, tomó aire, suspirando profundamente, y se llevó la mano al bolsillo posterior de su pantalón, buscando la cartera. Extrajo la foto de una hermosa mujer, que sonreía alegremente. En la fotografía se podían observar su negra cabellera y sus ojos, de un intenso color verde. Habían transcurrido casi veinte años de pesadilla, durante los cuales, Gustavo había vagado en un mundo de odio y sombras.

Veinte años desde aquel día fatídico en que lo habían despedido los ojos verdes desde la baranda de su casa, y él había respondido con un adiós, sin poder anticipar que sería el último. Veinte años desde aquel crimen horrendo que terminó con la vida de su esposa. Gustavo se había entregado inicialmente al alcohol para ensordecer el dolor que lo llevó a los límites de su cordura, sin encontrar alivio a su pena. El dolor se convirtió pronto en amargura y odio. Guiado por el odio había encontrado el camino al crimen. Decidió vengarse de todos lo que, para él, se negaban a darle justicia y encubrían la farsa destinada a proteger a los culpables del asesinato de su esposa, y de todos los otros inocentes que morían de forma violenta sin que nadie pagara un costo. Uno tras otro, seleccionó a los abogados y jueces que actuaron en la investigación, a los que sentenció de corruptos y asesinó sin compasión. Prosiguió ejecutando políticos y policías, ya por paga, hasta que la sangre se empezó a mezclar con sus sueños y a convertirlos en nubes borrascosas que lo acompañaban en repentinos despertares de pavor.

Con el tiempo, enterró sus escrúpulos y la causa, que creyó justa en su momento. La violencia, poco a poco, había horadado su alma, haciendo a su paso un trillo de espanto hasta dejarla hueca. Ahora, finalmente, encontraba paz, posiblemente, redención, y acaso el sendero para volver a caminar en el mundo de los vivos.

Printed in the United States
By Bookmasters